NEW ROMANCE®

# Biker GIRLS

## TOME 4
## BIKER BOSS

Traduit de l'anglais (américain)
par Thierry Laurent

AUDREY
CARLAN

Hugo Roman

Ce livre est une fiction. Toute référence à des évènements historiques, des personnages ou des lieux réels serait utilisée de façon fictive. Les autres noms, personnages, lieux et évènements sont issus de l'imagination de l'auteur, et toute ressemblance avec des personnages vivants ou ayant existé serait totalement fortuite.



Ouvrage dirigé par Bénita Rolland
Traduit par Thierry Laurent
Photo de couverture : ©Nikkolia/Shutterstock

Pour la présente édition

34-36, rue la Pérouse
75116 - Paris
www.hugoetcie.fr

ISBN : 9782755647587
Dépôt légal : mai 2020
Imprimé en France par Corlet Imprimeur
N° d'impression : 19110419

*À Tammy Hamilton-Green.*
*Sois courageuse.*
*Sois heureuse.*
*Reste toi-même.*

# PROLOGUE

## Tammy

– Tu veux bien m'expliquer une nouvelle fois pourquoi c'est une bonne idée ? me demande ma sœur en poussant un grand soupir.

Elle porte un carton rempli de ce dont je ne peux me séparer tout en m'accompagnant à ma jolie Hellcat Charger[1] bleu indigo. Presque toutes mes affaires sont déjà au garde-meuble. Depuis le mois dernier, je me planque chez elle où je dors sur le canapé. Mais je suis certaine qu'il sait exactement où je suis. Il l'a toujours su.

– Tu sais très bien pourquoi, Michelle, je lui réponds à la fois agacée et anxieuse en installant l'une de mes quatre valises dans le coffre arrière.

Une hanche appuyée contre la voiture, elle poursuit :

– Tam, je sais que tu as besoin de faire une coupure, mais pourquoi aller te cacher dans un club de bikers ? C'est terriblement dangereux.

Je vois bien la peur qui traverse ses beaux yeux marron, une peur qui est la mienne depuis déjà un moment.

– Tu penses que je n'en ai pas conscience ? dis-je en relevant une mèche de mes cheveux blond cendré. Voilà déjà un an que j'enquête sur le Hero's Pride de Californie. Leur président est corrompu comme pas un. Une ordure de la pire espèce dont je n'ai même pas envie de parler avec ma petite sœur. En revanche, je te le promets, le président et le club de l'Oregon, eux, ont l'air droits comme la justice. Et, bien sûr, il y a Clint.

Michelle, perplexe, se mord les lèvres en regardant dans le vague. C'en est assez, vu le comportement inacceptable de mon bientôt ex-mari, je n'ai que trop abusé de son hospitalité.

---

1 Modèle d'automobile Dodge. (NdT, ainsi que pour les notes suivantes)

– Une raison de plus pour prendre ce boulot en Oregon. Allez, tire-toi de ma Dodge.

Visiblement, elle n'est pas de cet avis. Les épaules tombantes, la voix mal assurée et des larmes dans les yeux, elle me demande :

– Mais… qu'est-ce que je vais faire sans toi ?

Moi aussi, je suis émue. Je serre dans mes bras la personne dont je suis la plus proche sur cette planète, et, si je n'ai vraiment pas envie de la quitter, je sais pourtant que je dois partir.

– Tu vas d'abord terminer ton stage d'infirmière et, ensuite, je sais que tu vas déchirer dans n'importe quel hôpital qui aura la chance de t'engager. Et puis, dès que tu pourras prendre des vacances, tu viendras me voir, là où le vent m'aura portée.

La tête posée sur mon épaule, elle me fait signe que oui en me serrant très fort :

– Tu penses que le service du shérif en Oregon va te donner un job à plein temps ?

Je recule et lui caresse la joue. Ma sœur est du genre pragmatique. Elle a besoin de savoir où elle va. Moi, j'en ai un peu marre de tout ça. J'ai besoin de changer d'air. La Californie, j'en ai fait le tour. Le Pacifique Nord-Ouest me paraît être un nouvel horizon parfait.

– Peut-être. On verra. La dernière fois que j'ai vérifié, ils n'avaient pas besoin d'une quatrième adjointe. La seule raison pour laquelle ils m'engagent, c'est qu'ils ont besoin de quelqu'un d'extérieur pour infiltrer le milieu.

– Tu n'as pas peur de faire semblant d'être une de ces putes de club ?

On voit qu'elle a la gorge serrée. Elle ouvre de grands yeux, comme si je la serrais trop fort. J'éclate de rire :

– Chelle, voyons, je ne vais pas devenir une pute ! Être la chérie d'un membre du club, c'est juste une couverture.

Elle semble ne pas comprendre :

– C'est quoi la différence ?

– Tu sais, pour un biker, une chérie est une sorte de déesse. Ils les portent aux nues comme des reines.

Vu sa moue, elle n'a pas l'air très convaincue. Une main sur la hanche, avec son petit côté fille de la Vallée, elle me dit :

– C'est ça, cause toujours. Pour moi, ces femmes portent des gilets de cuir estampillés par leur propriétaire, comme les chiens ont des laisses.

– Ma pauvre chérie, tu as encore tellement à apprendre ! je lui réponds en levant les yeux au ciel. Pour un biker, son gilet, c'est son armure. Un chevalier porte haut son étendard face à ses pairs. Le gilet de leur chérie, marqué du nom de son propriétaire, c'est un peu pareil : aux yeux de tous, c'est un signe d'appartenance.

– C'est bien ce que je disais, lance ma sœur.

– Tu dois savoir aussi que pour un biker, comme pour sa femme, c'est une marque d'honneur. Il lui appartient autant qu'elle lui appartient. Une façon de fonctionner du club que je trouve en fait… plutôt sympa.

Michelle me regarde, l'air résignée :

– Ça m'aurait étonnée ! Tu es une policière à moto depuis trop longtemps et tu as trop fréquenté le club du coin. Tu n'aurais pas pu trouver un poste de taupe comme femme au foyer dans une belle maison de Beverly Hills pour démasquer un type qui détourne les fonds d'une grosse entreprise ? Ou quelque chose dans le genre…

C'est plus fort que moi, je pouffe de rire en claquant le coffre de la voiture et coupe tout de suite son petit accent campagnard :

– Mon Dieu… quel ennui !

– Voilà, une fois de plus, c'est toi tout craché. Tu m'inquiètes, Tam, me répond-elle d'une voix tremblante.

Ce qui me touche. On est très proches ; nous sommes un peu Michelle et Tammy contre le reste du monde. Nos deux parents sont décédés et nous n'avons pas d'autre famille. À trente ans, je n'ai pas vraiment envie de repartir pour une nouvelle vie, mais il le faut, et tout dans ce job me dit que c'est la bonne direction à prendre.

J'enlace ma sœur, alors que nous marchons l'une à côté de l'autre près de la voiture :

– Je comprends que tu sois inquiète et, dans un sens, ça me fait plaisir. Je vais faire attention et je te promets de ne pas te laisser sans nouvelles trop longtemps.

Soudain, j'entends des pneus crisser derrière nous. On se retourne toutes les deux, juste à temps pour voir Clint sortir de sa Doge Ram. Tout de suite, il se poste devant moi et me barre la route. D'un geste vif, je pousse Michelle :

– Vas-y, cours ! Appelle les flics !

Contournant ma Hellcat, elle se précipite vers la maison. Quant à moi, je suis plus que contrariée :

– Clint, dégage ! Et tout de suite !

– Je t'emmerde, Tammy ! Tu crois que tu vas pouvoir te débarrasser de moi comme ça ?

Il brandit dans sa main les papiers du divorce que le bureau de mon avocat lui a finalement communiqués. Ce connard évite les huissiers depuis déjà plus d'un mois. Je lève les bras face à lui pour l'empêcher d'approcher :

– Clint, il va falloir t'y faire, entre nous, c'est fini. Nous ne sommes pas faits l'un pour l'autre.

J'essaie de le raisonner, mais son visage s'assombrit :

– Ce n'est pas à toi de décider ça, Tammy, me dit-il, vert de rage, en s'avançant vers moi avant de me coller contre la portière de la voiture. C'est à moi de décider si notre histoire est finie ou non.

Par pure provocation, il fait glisser son nez le long de ma joue. Aussitôt, je détourne la tête et tente de le repousser.

– Clint, ça suffit ! Michelle est en train d'appeler la police. Tu veux encore te retrouver sous les verrous ?

Je fais de mon mieux pour essayer de me donner une contenance, mais je sens que la peur commence à étrangler ma voix.

– Les flics, je les emmerde, et toi aussi je t'emmerde ! Je ne vous laisserai jamais tranquilles, ta sœur et toi. Tu crois que tu peux te cacher chez elle et disparaître de ma vie ?

Il ricane en hurlant si près de mon visage que des postillons me mouillent la peau. Je ne peux m'empêcher de pousser un gémissement en lui répondant :

– Je t'en prie, va-t'en !

C'en est trop pour lui. Il m'attrape par le cou et commence à m'étrangler… violemment :

– Je te retrouverai toujours. Tu sais pourquoi ?

Je manque d'air et tape sur son bras tout en essayant de tordre ses doigts qui m'étranglent.

– Parce que tu es à moi, à MOI, tu m'entends, Tammy ! Tu m'appartiens et, putain, tu m'appartiendras jusqu'à ton dernier soupir… même si c'est moi qui dois te le faire expirer.

Je sais que ce ne sont pas des paroles en l'air, c'est une vraie menace.

Ma vision commence à se troubler, j'ai de moins en moins de force dans les bras, mais je suis encore assez solide sur mes jambes, je lui assène un grand coup de botte Harley sur les pieds.

Il pousse un cri de douleur et lâche sa prise. Enfin un peu d'oxygène dans mes poumons qui en ont bien besoin ! Je tombe à genoux en tentant de retrouver ma respiration.

– Putain de salope ! hurle-t-il.

Au moment où j'essaie péniblement de me relever, il me donne un coup de poing au visage, et je retombe à terre. Heureusement, ma sœur habite un quartier animé où il y a beaucoup de passage. Tout à coup, venant de nulle part, je vois une paire de bras qui attrapent Clint avant qu'il ait pu me frapper à nouveau. À son tour, ma sœur apparaît dans la mêlée et m'aide à me relever, tout en vérifiant l'état de mon cou et de mon visage.

– Mon Dieu ! Mon Dieu !… Tammy, murmure-t-elle, les yeux remplis de larmes.

– Il faut vraiment que je foute le camp d'ici.

– Où que tu ailles, je te retrouverai, rugit mon ex qui est maintenant retenu par deux hommes.

Peu importe. Comme d'habitude, les flics vont l'arrêter, le sermonner, il va s'excuser et ils le laisseront partir.

– La police ne va pas tarder, nous dit Michelle.

– Tu n'as pas compris, ma chérie. Il faut que je décampe tout de suite. Avant qu'il comprenne où je vais.

Se passant la langue sur les lèvres, elle acquiesce, toute tremblante :

– Vas-y, je m'occupe de la police.

– Appelle mon supérieur et raconte-lui ce qui est arrivé. Il est au courant de l'histoire avec Clint et sait aussi où je suis nommée. Je pourrai faire ma déposition de là où je vais être.

– Tu vas me manquer.

– Allez, on se retrouvera bientôt, je réponds, avec un petit sourire mélancolique.

On a pris l'habitude de ne jamais se dire au revoir.

Jamais.

Au revoir, pour nous, a un côté trop définitif.

*Au revoir, les petites chéries…*

Ce furent les derniers mots que nous avons entendus de nos parents avant de les voir partir à leur rendez-vous. J'avais dix-huit ans et ma sœur quinze. Ils ne sont jamais revenus.

– À bientôt… Vas-y maintenant, me dit enfin Michelle.

Sa voix vacille, mais elle se tient droite comme un « i ».

– Va te faire foutre, Tammy. De toute façon, je t'aurai ! Tu entends ce que je te dis, salope ? Je te tuerai !

Clint hurle comme un démon, pendant que j'ouvre la portière de ma voiture. Je m'installe, fais ronronner le moteur de mon bébé et enclenche la première. Je démarre enfin au son des sirènes de police qui s'approchent et de la voix de Lzzy Hale du groupe Halestorm qui se déchaîne dans mes haut-parleurs.

J'augmente le son quand elle attaque « Love Bites[2] » que Lzzy pleure et chante tout à la fois. Elle ne dit que la vérité, toute la vérité.

Oui, l'amour fait mal.

---

2 L'amour mord.

# CHAPITRE 1

# Champ

Une des choses que j'ai apprises de la vie est qu'on ne fait jamais assez d'efforts pour arriver aux résultats qu'on s'est fixés. Trop se concentrer sur une seule chose finit par t'épuiser. Il faut tout mener de front. Travailler dur donne des résultats… toujours. Si tu veux qu'un truc soit fait, fais-le toi-même, mais n'hésite pas à demander un coup de main. Ce que j'ai trouvé auprès de mes frères. Des mains pour m'aider en veux-tu en voilà. Enfant unique dans ma propre famille, j'apprécie la fraternité que m'apporte le Hero's Pride MC. Aucun doute, mes frères feraient n'importe quoi pour moi, et la réciproque est évidente. Je sacrifierais ma vie pour mes frères et mes sœurs du Pride.

C'est bien pourquoi la tempête qui s'est abattue sur les chéries, c'est-à-dire mes sœurs, me fait vraiment mal au ventre. Quand la boutique de Shay, la femme de Rex, a été vandalisée, on a pensé que c'était exceptionnel. Un truc fait par une bande de gamins stupides qui essayaient de montrer leurs gros bras aux maîtres de la ville. Ensuite, ce fut le tour d'Anya, la femme de Whip, qui s'est fait violenter dans son studio de danse et de sa petite fille qu'on a attachée et enfermée dans un placard. Après ces événements, le club était déjà en alerte maximale, mais quand la femme de Tank, Holly, notre libraire bien-aimée, s'est fait sexuellement attaquer, là, le club a pété un câble.

La nouvelle s'est répandue de club en club. Les sections de sœurs ont été prévenues, et quelques nouveaux frères ont été appelés en renfort afin de surveiller Grant's Pass et les agglomérations environnantes. Le club est en train d'ouvrir une autre salle de gym dans une ville voisine dans le but d'agrandir notre business qui tourne déjà à plein régime et nous rapporte un max de profit. On parle également d'ouvrir un autre bar *O'Donnell's* avec la possibilité d'y adjoindre encore une salle de gym, de créer un nouveau championnat de boxe, et peut-être même de bâtir une nouvelle petite succursale de notre club-house pour répondre à l'augmentation de nos effectifs. Avec tout ce qui est arrivé et la peur qui s'est abattue sur nos femmes, tout le monde est sur le pont. Tous les frères font la grimace et rêvent d'en découdre avec l'ennemi invisible.

On a eu la chance de pouvoir attraper l'un des hommes qui ont attaqué Holly dans sa librairie. Ce salaud de Joey Henson est pour le moment en détention préventive. La seule chose que l'on sache, c'est que l'homme est aspirant d'un club dont il n'a pas voulu révéler le nom. Honnêtement, c'est le truc le plus bizarre que j'aie jamais entendu. N'importe quel aspirant qui veut devenir un membre marqué de son club, porte son gilet de cuir avec fierté. Or, ce type n'en avait pas, il avait juste une carte d'identité du Nevada, ce qui veut dire que nous pouvons concentrer nos recherches sur la côte Ouest. Mais les clubs de bikers ne manquent pas et ils ne parleront pas à n'importe qui. Ce qui prend beaucoup de temps et d'énergie à notre Prez[3], constamment pendu à son portable, un truc qu'il aime encore moins que d'aller chez le dentiste.

Jusqu'à présent, personne n'a réclamé Joey Henson comme faisant partie de son club. Rien d'étonnant : soit il ne veut pas nous révéler son nom de route avant d'en devenir membre à part entière, soit il n'a peut-être pas révélé son identité exacte à son club. Nous savons aussi qu'il y a trois autres agresseurs en fuite. C'est la raison pour laquelle le shérif a fait appel à une aide extérieure venue de Californie, l'agent Tammy Hamilton.

Merde alors, le simple fait d'évoquer le nom de cette femme me donne de drôles de sensations dans la queue et fait battre mon cœur. De taille moyenne, cette femme a une belle silhouette qui indique qu'elle y travaille. Et, dès le premier coup d'œil, je reconnais tout de suite une personne qui entretient son corps. Avoir ma propre salle de gym, avoir été dans le circuit pro des sports de combat et être un coach diplômé d'État, tout cela fait que je sais quand un corps passe du temps à la salle de gym. L'agent Tammy a une petite poitrine, des hanches fines, des cuisses superbement dessinées et des biceps striés. Malgré tout, ce ne sont pas ces détails qui m'ont attiré vers cette fille aux cheveux châtain clair, c'est plutôt son visage qui a retenu toute mon attention. Ses yeux noisette surtout ; suivant la façon dont elle bouge

3 Président.

la tête, j'ai l'impression qu'ils passent du vert au marron et par toutes les couleurs intermédiaires. Elle a des lèvres bien roses, brillantes et généreuses, on dirait des petits coussins qui ne font qu'amplifier sa beauté. Là encore, ce n'est pas ce qui me rend dingue depuis le premier jour où je l'ai rencontrée à l'hôpital, il y a un mois. Non, ce sont ses deux petites fossettes qui se creusent sur ses joues chaque fois qu'elle sourit ; la chose la plus adorable que j'ai vue sur le visage d'une femme. Pourtant, adorable n'est pas l'adjectif que j'emploierais pour décrire l'allure générale de Tammy. Aucun homme sain d'esprit n'utiliserait ce mot en parlant d'elle. L'agent Tammy Hamilton est tout simplement exceptionnellement belle. Pendant que le club va aider les autorités à débusquer les trois attaquants encore dans la nature, afin d'éviter que d'autres personnes ne soient blessées, c'est elle qu'on a désignée pour être ma fausse chérie travaillant sous couverture.

Le but est d'utiliser l'agent Tammy comme appât. Quand on a cherché un frère pour tenir le rôle de son homme, je me suis tout de suite porté candidat. C'est donc aujourd'hui qu'elle va arriver et s'installer dans la chambre d'ami... même si tout le monde est supposé penser qu'elle va directement s'installer dans mon lit. J'ai moi-même, bien évidemment, pensé à l'y installer tout de suite, mais avec une femme comme elle, une femme qui a l'habitude de commander, je dois la jouer cool.

Je vérifie que le living est bien en ordre : le canapé de cuir noir, la table en verre avec des bords en métal chromé, la télé accrochée au mur, le gros fauteuil relax assorti au canapé, les deux fines lampes sur pied en papier translucide et le tapis rouge foncé pour cacher les irrégularités du vieux plancher en bois. Accrochée au mur, derrière le canapé, une superbe photo en noir et blanc que j'ai prise moi-même. On y voit le club-house avec au moins vingt bikes alignées devant, la forêt en arrière-plan et un rayon de soleil qui fait briller les bécanes, comme si Dieu lui-même l'avait envoyé pour mieux les mettre en valeur. J'adore cette photo. Je l'aime tellement que je l'ai fait imprimer en très grand sur papier toile. Même si c'est au club-house que la famille se rassemble, je ressens le besoin d'un peu de cet amour dans le lieu où je suspends mon casque.

Riot, le président de notre club, voulait que je fasse cadeau de la photo au club-house pour qu'on l'y accroche, il l'aime tellement ! Mais je ne peux pas me résigner à m'en séparer. Depuis, chaque fois qu'il vient ici, il me demande quand il pourra accrocher « sa » photo. Je me contente de lui répondre par un large sourire en hochant la tête tout en ignorant sa demande. Je ne me sens pas encore prêt à donner mes photos. Je n'ai aucune envie de devenir un photographe célèbre et je suis putain de certain de ne pas être un Ansel Adams[4], mais, c'est bien connu, ne jamais dire jamais. Dans la vie, on ne sait pas ce qui peut arriver.

J'entends un grondement au-dehors. J'ouvre la porte pour atteindre le porche de devant. Ma maison n'est pas située sur un très grand terrain, mais j'ai tout de même mille deux cents mètres carrés qui me donnent une certaine intimité.

En m'avançant sur les marches pour accueillir ma nouvelle chérie, j'aperçois une tête qui sort d'une superbe Hellcat bleu royal. Je suis à peine arrivé à la voiture qu'elle se tourne vers moi. Là, je ne suis pas content du tout.

– Mais, putain… qu'est-ce que ça veut dire ?

Elle sursaute et fait un pas en arrière en évitant mon regard.

Le fait qu'elle ait marqué un mouvement de recul est déjà suffisant pour me mettre en colère, mais les marques en forme de mains que j'aperçois sur son cou me font froid dans le dos. Son visage, à moitié bleu et tuméfié, ne me calme pas.

Tammy croise les bras sur son blouson d'aviateur en cuir. Elle porte aussi un jean délavé, des bottes et un tee-shirt noir. Ses cheveux, coupés dégradés sur les côtés, lui tombent sur les épaules. Elle me regarde à travers une longue frange.

– Désolé, mon intention n'était pas de te faire peur, patron, mais explique-moi ces marques ? Qui a bien pu te faire ça ? je lui demande en insistant.

Je la sens au bord des larmes.

– Tout va bien. Ce n'est pas très important, elle me répond en m'évitant pour aller vers son coffre.

Je la rattrape par le coude et la retourne vers moi jusqu'à ce que nous nous retrouvions face à face, corps contre corps. Elle tressaille, mais ne recule pas. C'est déjà quelque chose.

Posant ma main sur son cou, je passe mon pouce sur son menton et relève sa tête pour mieux la regarder :

– Pour moi, c'est important, Tammy. Quand une femme, toi ou une autre, arrive chez moi avec des bleus sur le cou et un visage amoché, je te prie de croire que je me sens concerné. Tout homme digne de ce nom doit prendre soin de ce qui lui appartient. Or, depuis que tu as posé le pied sur ma terre… je veux dire, depuis que tu as franchi le panneau « Bienvenue en Oregon » dans ta superbe bagnole, tu es devenue ma compagne pour les jours à venir. Maintenant, je vais répéter : qui t'a mise dans cet état ?

---

4. Ansel Easton Adams (1902-1984), célèbre photographe américain, surtout connu pour ses photos de paysages du grand Ouest, réalisées à la chambre.

– Mon mari, répond-elle timidement, l'air gênée.

En entendant ça, je ne peux m'empêcher de serrer son coude plus fort.

– Tu ferais mieux de développer, vu que tu es supposée agir comme si tu étais ma femme. N'oublie pas que je vais être amené à poser les mains sur toi et à t'embrasser pour donner le change. Crois-moi, je ne me serais pas proposé si j'avais su qu'il y avait déjà un homme dans ton lit.

Tammy remue la tête en mettant ses deux mains sur ma poitrine. Surpris par la douceur intense du contact, je ressens le besoin de prendre une grande respiration.

– Tu te fais une fausse idée. Il y a déjà dix-huit mois que nous sommes séparés. Pendant tout ce temps, j'ai vainement essayé de lui remettre les papiers du divorce. Il y a deux jours, Clint m'a retrouvée chez ma sœur alors que je chargeais la voiture pour venir ici. Apparemment, on les lui a officiellement remis, ce dont j'avais besoin pour enfin entamer la procédure.

– Et il t'a frappée, je lui dis calmement.

Elle me fait oui de la tête en regardant ailleurs, sans doute par gêne ou par honte.

Des sentiments que je ne connais pas.

Prenant son visage dans mes mains en faisant attention, je l'amène doucement à me regarder droit dans les yeux :

– Voilà une chose qui n'arrivera plus, Tammy. Plus jamais. Tant que je vivrai, je te protégerai de ses attaques.

– On voit que tu ne le connais pas. Il est capable de tout. C'est…

Elle remue la tête et baisse les yeux.

– Dis-toi que tu as mis les pieds là où il fallait, Petites Fossettes. Le Pride a des putains de moyens et la plupart de ses membres ont un comportement viril qui pèse plus de cent kilos. En général, on n'est pas très gentils avec ceux qui tabassent les femmes.

Elle me gratifie d'un léger sourire. Pas jusqu'à creuser ses deux joues, mais ça ira pour l'instant.

Je la prends par les épaules pour l'accompagner jusqu'à la maison.

– On va rentrer et tu vas t'installer. J'irai chercher tes bagages pendant que tu te reposes.

– Je préférerais faire un tour sur ta moto. J'ai été enfermée dans une cage pendant trop longtemps. Tu ne sais pas comment je pourrais m'en procurer une ?

Complètement dépassé par ce que je viens d'entendre, je reste bouche bée en la regardant :

– Tu fais de la moto, toi ? Ou tu parles de t'installer pépère peinard derrière ?

– Les deux, me répond-elle en plissant les yeux. En tant que policière à moto en Californie, je dois avouer que je ne fais qu'en conduire depuis bien longtemps.

– Putain... dis-moi que je rêve !

Cette fois, avec ma réponse, elle me fait cadeau des fossettes. Trop mignon !

– Je pensais que tu le savais.

– Bébé, je n'en avais aucune idée, je lui réponds en remuant la tête. Alors que je pensais que tu ne pouvais pas être plus parfaite, et voilà : un point de plus.

Elle me regarde, dubitative :

– Moi, parfaite ? Tu as bu, ce n'est pas possible ! Peut-être je devrais conduire et que tu te mettes à l'arrière.

Avec un grand sourire, je la prends par les épaules pendant que nous grimpons les marches :

– Tss, tss... tu m'as fait rêver avec tes histoires. Mais il ne faut pas perdre de vue que tu es supposé être ma chérie. C'est ce que nous devons faire croire à tout le monde, il est plus logique que tu te promènes derrière... et non l'inverse. Je dois pourtant dire que, sachant comment tu es foutue, l'idée de te voir conduire seule la plus belle machine du monde n'est pas pour me déplaire. Loin de là.

Tout en posant la main sur la bosse qui durcit entre mes jambes pour remettre en place le changement de volume, j'ajoute :

– C'est même le contraire, bébé.

Tammy éclate de rire en entrant dans la maison.

– Ah Champ... si tu n'existais pas, je crois qu'il faudrait t'inventer.

– Je sais, je ne peux pas m'empêcher de plaisanter. Allez, rentre ton cul là-dedans et installe-toi sur le canapé. Tu veux une bière bien fraîche ?

– Quelle bonne idée, mais tu sais, je peux me servir moi-même.

– Fais comme tu veux. Passe-moi tes clés, j'ajoute en tendant le bras.

Elle plonge dans le sac de cuir qu'elle porte en bandoulière pour en sortir un trousseau de clés. Il est orné d'un pendentif en forme de crâne fait de diamants avec deux petits cristaux rouge rubis à la place des yeux. Je m'abstiens de tout commentaire. Alors que je m'apprête à faire demi-tour, je la vois qui se lève.

Si sa caisse est sympa, son joli derrière l'est encore plus. Pendant qu'elle s'éloigne, j'ai le temps de jeter un coup d'œil sur son parfait petit cul en forme de cœur. Cette femme n'en a peut-être pas beaucoup en haut, mais elle a tout ce qu'il faut dans les fesses et, moi, j'adore les culs. Putain, comme j'aime ça ! Malaxer son cul pendant qu'elle chevauche ma queue... Ouh là là ! Un vrai conte de fées...

Je me fais les muscles en sortant deux de ses quatre grosses valises du coffre. Niveau bagage, elle n'a pas fait dans la dentelle. Mauvais point… En même temps, Mags, une des nanas à biker les plus cool que je connaisse, a un sérieux penchant pour les fringues et les chaussures. Riot, son mec, n'arrête pas de la chambrer avec ça. Il lui dit sans cesse qu'elle va le mettre sur la paille avec tout ce qu'elle dépense en cuir, jeans, pompes et petits hauts griffés Harley. Et je ne parle pas des bijoux. C'est heureux que leur fille détienne le fleuve inépuisable du paradis des bikeuses avec son magasin *Biker Babe*. Bien qu'il la charrie tout le temps, il apprécie beaucoup de voir sa femme dans ses nouvelles tenues. Cet éternel amoureux en perd encore la tête en la flattant tout ce qu'il sait, la langue pendante, et en vérifiant de ses mains la sensation que lui font ses courbes sous chaque nouvel achat. C'est imparable.

En allant déposer les valises dans la chambre d'amis, située au fond du couloir à côté de la mienne, je remarque Tammy qui sirote sa bière fraîche, debout devant ma photo suspendue au-dessus du canapé.

– Cette photo est superbe.

Je lui adresse un petit sourire et lui fais un geste du menton tandis que je ressors chercher le reste des bagages. Une fois que j'en ai terminé, j'aperçois devant le canapé une autre bière fraîche posée sur une serviette en papier pliée. Vu que je n'ai pas de sous-verre, je trouve que la serviette est une gentille attention. Moi, je m'en fous de poser la bouteille directement sur la table, je le fais tous les jours.

– Tu m'as sorti une bière ?

Elle esquisse un sourire un peu timide.

– Merci, Petites Fossettes.

Tammy prend un air gêné et boit une gorgée de sa bière. Elle expire un bon coup et pose doucement une main sur son visage plein de bleus.

– Merde, bébé. Tu n'as pas mis de glace là-dessus quand c'est arrivé ?

– Non, dit-elle en remuant la tête. Il a fallu que je file. Je devais quitter la ville avant qu'il ait la moindre idée de l'endroit où j'allais.

Un accès de colère me traverse le corps. Instinctivement, je serre les poings. Je voudrais être sur un ring face à cette petite merde. Un seul coup, et je le mettrais à terre, comme je l'ai fait la dernière fois que j'ai combattu. La seule différence, c'est que, cette fois, je ne serai pas désolé de l'avoir fait.

Ou plutôt non. Je frapperais avec joie son ex jusqu'à ce que sa figure ressemble à un gros morceau de viande hachée.

– Tu as fait une déclaration ?

Elle me regarde fixement de ses yeux noisette :

– Euh… ouais…

La façon dont elle me répond m'incite à lui poser d'autres questions. J'ai envie d'en savoir plus, mais le ton de sa voix me dit aussi qu'il faut en rester là. Je sens qu'elle se renferme. Elle a rentré la tête dans ses épaules, et le moment de détente que nous avons partagé quand elle est arrivée s'éloigne peu à peu.

– On peut en parler une autre fois. Loin de ce chacal, ici, tu es en sécurité. Bon, je vais chercher de la glace pour t'en mettre sur le visage, ça aide à dégonfler.

– D'ac... elle répond, évasive, en hochant de la tête et en se croisant les bras sur la poitrine.

Elle me repousse une nouvelle fois. Je me dirige donc vers le frigo :

– Merde alors, je murmure entre mes dents.

Je trouve un petit sachet de maïs congelés et je chope un torchon en revenant sur mes pas.

– Tiens, si c'est trop froid, entoure ça de tissu.

– Hum... hum...

Parfait. Maintenant, nous en sommes à la communication non verbale.

– Tu es fatiguée ou tu as faim ?

– Je meurs de faim, je n'ai rien mangé depuis hier.

– Voyons, Tammy, il faut que tu prennes soin de toi mieux que ça. Viens à la cuisine, bébé.

Je lui montre la direction, elle me fait un petit sourire et se précipite dans le bel espace plein de lumière. La maison est ancienne, mais la cuisine a été refaite il y a peu de temps. Elle est pleine de placards blancs avec des portes en verre sur ceux du haut pour qu'on puisse y mettre des trucs en vitrine. Dans ceux-là, justement, je n'ai rien mis. Ce type de déco, c'est au-delà de mes capacités, mais je me suis dit qu'un jour, une femme pourrait transformer ce repaire de célibataire en vraie maison. Les plans de travail sont presque vides, même s'ils offrent une belle surface. Mags dit toujours que, pour une femme, c'est une cuisine de rêve. J'ai une machine à café, un grille-pain et un pot à sucre. C'est à peu près tout.

– Un peu vide, mais... waouh ! quelle cuisine, Champ ! s'exclame-t-elle en passant ses doigts aux ongles rouge foncé sur le granit gris du plan de travail.

– Je m'appelle Derek, j'éprouve le besoin de préciser.

Je ne sais pas pourquoi. Au fond, ça m'est bien égal qu'elle m'appelle par mon nom de naissance ou par mon nom de route. Le nom que j'ai reçu ou le nom qu'on m'a donné.

– Derek ?

– Oui, Derek Layton. Mon nom de route, c'est Champ.

– Comment les autres chéries appellent-elles leur mec ?

Appuyé sur le plan de travail, je la regarde de l'autre côté de l'îlot central. Elle pose son cul sur un tabouret et le sachet de maïs sur son visage enflé.

– Les chéries appellent leur mec comme elles en ont envie. Après tout, ça les regarde.

– Si j'ai envie de t'appeler Derek, ton nom de route va-t-il perdre de sa crédibilité auprès des membres du club ?

– Mais non, je réponds en haussant les épaules. Cela dit, ils vont peut-être avoir un peu de mal au début, vu que beaucoup de frères ignorent mon vrai nom, mais, pour moi, c'est pareil. De toute façon, je n'en ai rien à foutre de ce que pensent les autres.

Un coin de sa bouche se soulève, ce qui me donne droit à une fossette. Une, c'est déjà bien, mais deux, c'est beaucoup mieux.

– Peut-être que je devrais me trouver un surnom moi-même ? Toi, tu as l'air d'être passé maître en la matière.

Tout en haussant les épaules, j'ouvre le frigo où je trouve ce dont j'ai besoin pour faire un bon gros sandwich.

– Dinde et gruyère, ça te va ?

– Excellent. Tu verras à l'usage, mais je ne suis pas difficile sur la nourriture.

J'attrape les ingrédients nécessaires que je dépose sur l'îlot :

– Mayo ?

– Bien sûr !

– Laitue, tomate, moutarde ?

Cette fois, elle me fait un grand sourire et j'ai le droit aux deux fossettes. Soudain, j'ai l'impression d'être ce putain de Superman.

– Je le mangerai comme il sera.

– Hum… il doit bien y avoir quelque chose que tu n'aimes pas ?

Elle applique de nouveau le sachet de maïs congelé sur son visage en regardant au plafond. Pendant ce temps-là, je badigeonne son sandwich de mayo à l'huile d'olive, j'ajoute deux tranches épaisses de blanc de dinde fraîche, le fromage, et je termine par les tranches de tomates que j'avais coupées pour le sandwich que je me suis préparé plus tôt. Enfin, j'ajoute encore une belle portion de fibres sous forme de graines germées.

– Ouh là ! Je ne peux pas dire que je n'aime pas ça, parce que, à part le gombo, je n'en ai jamais goûté. L'aspect chevelu, ça me fait bizarre.

– Bizarre ?

– Ouais, elle me répond tout de suite.

– Et les produits de la mer ?

– Ça va, mais je suis sans doute allergique au saumon.

– Oui ou non ?

Elle me fait oui de la tête et ses yeux s'ouvrent grands comme la taille de mes roues de moto quand je mets devant elle un énorme saumon entier.

Pas très rassurée, elle pose vite le sachet de maïs sur la table, attrape son sandwich et en prend une énorme bouchée en le mordant jusqu'au milieu.

– Qu'est-ce qui se passe quand tu manges du saumon ?

Elle mâche pendant un moment, avale et s'apprête à en reprendre une autre grosse bouchée.

– Dans l'heure qui suit, je vomis. C'est paniquant. Quand j'en mange, tout va bien, mais, pour avoir renouvelé l'expérience plusieurs fois en trente ans d'existence, c'est toujours la même histoire : au bout d'un moment, je suis malade. Donc, dans la mesure du possible, je n'en mange pas.

En passant une main sur ma barbe et ma moustache, je lui réponds :

– Ce qui est probablement une bonne idée.

– Dis-moi, ce sandwich est un vrai chef-d'œuvre culinaire !

Un compliment qu'elle me fait avant d'en avaler une autre bouchée gargantuesque. Ce qui prouve combien elle apprécie son repas.

– C'est un honneur de te faire plaisir, bébé.

Malgré ses bobos, je peux voir qu'elle rougit, mais son attention revient vite sur son sandwich.

J'aime bien la regarder manger. Elle mange avec un enthousiasme que je ne connais pas chez les filles avec qui je sors à la gym. La plupart des habituées de la salle comptent leurs calories, ne mangent que des micronutriments, font attention à leurs glucides, ou n'en prennent pas du tout, ou alors elles sont vegan, ou font un régime quelconque. Je soulève de la fonte autant qu'auparavant, donc je peux manger et boire tout ce dont j'ai une putain d'envie sans craindre de perdre ma position d'homme de main du club. Malgré tout, chaque matin, je veille à mettre dans mon smoothie tous les antioxydants, fibres et autres protéines dont je vais avoir besoin pendant mes séances de muscu.

– Et toi, tu bois des protéines ou des smoothies verts ?

Elle termine de mâcher avant d'y réfléchir :

– Je pense que je n'en ai jamais pris un seul, mais je suis prête à tout essayer au moins une fois.

Tout essayer au moins une fois…

Voilà des mots qui me font penser à des tas de trucs que j'aimerais bien essayer avec ma petite policière toute sexy. Elle, me chevauchant face à face, façon cow-boy, par exemple ; ou moi, la prenant de dos, les bras tendus accrochés à mon lit pendant que je lui torture ses petits tétons.

Ma queue change de volume alors que je grommelle entre mes dents :

– Je crois que j'aimerais bien TOUT essayer avec toi, Petites Fossettes… et bien plus qu'une seule fois !

Elle s'arrête de manger quand elle réalise ce que je viens de dire. Elle détache le coin de son sandwich avec les doigts avant de me répondre :

– Je ne suis pas certaine que ce soit très sage. Mélanger business et plaisir…

– Est-ce que j'ai l'air d'un homme qui s'embarrasse de ce qui est sage ou pas ?

Ses lèvres ont beau se contracter, je sais qu'elle s'empêche de sourire. Cette femme, qui est là pour passer inaperçue, sait garder un visage impassible quand il le faut. Cependant, il va falloir que je ne la quitte pas des yeux si on veut garder intact son petit cul en forme de cœur.

– Hum… non. Pas vraiment.

– Voilà ce que je te propose, patron. Si tu as besoin de temps ou d'autre chose pour voir plus clair à propos de ce que ton enculé et bientôt ex-mari t'a fait, je saurai me faire discret.

– T'inquiète, je m'en suis remise. Cet homme n'est plus rien pour moi et ce, depuis longtemps, me répond-elle d'un ton ferme.

– Ton visage dit pourtant le contraire, bébé.

Elle fronce les sourcils… je n'aime pas cet air de chien battu sur son joli visage.

– Je suis restée dans le flou pendant presque toute notre vie commune. Sans doute avons-nous partagé quelques bons moments, mais maintenant, tout ça, c'est fini. Nous, on vient juste de se rencontrer et voilà que tu me fais déjà comprendre que je t'intéresse.

– Ce qui est vrai. N'importe quel homme qui te verrait, aimerait bien être à ma place. Tous les frères du club vont être désolés de ne pas avoir une beauté comme toi à leurs côtés. C'est pour ça que j'ai bien l'intention d'être cet homme-là, Tammy. Je ne fais pas d'erreur. Le fait que je suis disposé à te donner du temps ne veut pas dire que j'ai l'intention de laisser tomber l'histoire. Ça m'est déjà arrivé une fois. J'ai accepté cette partie de ma vie et je suis passé à autre chose. Aujourd'hui, c'est aujourd'hui, et tu es devant moi. Ton joli petit cul est assis sur mon tabouret et tu manges ce que je t'ai préparé. C'est exactement comme ça que je veux te garder, sauf quand il va m'arriver de t'attacher à mon lit.

– Mon Dieu, Derek, là tu me fous la trouille.

Je lui fais un grand sourire :

– Bien. Les choses sont clairement dites. Maintenant, pendant les quelques jours qui viennent, je vais te donner un peu de temps pour que tu y réfléchisses et que tu te ranges à ma façon de voir les choses. Jusque-là, repose-toi. On va laisser tes bleus s'atténuer, faire des tours de moto, se montrer un peu en ville et au club-house. Après, on en reparle.

– On en reparle ? Tu veux dire qu'on est en pleine transaction commerciale ? Aurai-je besoin de mon avocat ? me demande-t-elle sur un ton provocateur.

– Et qui fait la maligne maintenant, patron ? je lui réponds en riant.

– Tu es impossible ! elle ajoute avec un large sourire.

– Je suis content de te l'entendre dire, mais je dirais plutôt « je suis possible », ce que j'ai bien l'intention d'être pour toi dans un avenir proche. Parce que, quand tu es avec moi, bébé, tout est possible !

– Derek…

J'entends un léger ton d'avertissement dans sa réponse.

Je crois qu'elle en a eu assez pour aujourd'hui. Je lui ai dit tout ça pour qu'elle y repense et je vais l'aider à prendre sa décision petit à petit. Je n'ai jamais dit que j'allais m'arrêter de faire avancer les choses, je lui ai juste dit que je lui donnais un délai pour y réfléchir. Et je vais le faire. De mon côté, je vais mettre à profit ce temps pour faire mes approches afin de gagner sa confiance et finir par la mettre dans mon lit.

– Allez, on arrête là et, maintenant, j'emmène ma chérie faire un tour.

Tout à coup, son visage s'illumine. Elle est tellement belle ! Mon Dieu… cette femme pourrait finir par m'achever, mais j'imagine que ce serait la plus belle des fins.

# CHAPITRE 2

# *Tammy*

– Alors, tu es prête, patron, ou j'ai le temps de me taper une bière avant d'aller chez *O'Donnell* ? me demande Champ en jetant un œil par l'ouverture étroite de la porte de la salle de bains.

Je ne fais même pas attention à lui. Depuis trois jours, nous n'avons rien fait si ce n'est manger, boire, regarder des films et faire des virées à moto. Comme il devait travailler, c'est principalement toute seule que j'ai fait tout ça. En plus, mon visage n'est pas encore vraiment prêt pour une apparition publique.

Je tapote ma joue avec un peu plus de fond de teint pour cacher le reste des bleus qui, peu à peu, disparaissent, je remets l'éponge dans ma trousse à maquillage et je sors mon gloss en jetant un coup d'œil à Champ, appuyé les bras croisés contre le montant de la porte, tous muscles dehors. J'en ai l'eau à la bouche en voyant la taille et la splendeur de ses biceps. Je n'ai jamais vu un homme dans une telle forme physique et, pourtant, je suis fière d'aller à la salle régulièrement pour rester impeccable. Garder son corps en grande forme, c'est important pour une femme dont le job est principalement dominé par des hommes. En plus, pour moi, c'est tout naturel ; ne pas oublier que les criminels sont de taille et de force différentes et, souvent, je suis bien plus petite que les types que j'arrête. Je dois donc compenser ma taille par beaucoup de courage, de volonté et de force.

– Encore une minute, Derek, je suis presque prête !

Je lui montre mon corps en passant ma main dessus de haut en bas :

– Ça ne se fait pas en un quart d'heure, ce que tu vois.

– Tu n'en as pas besoin, tu es tellement sexy sans tout ça.

Encore un petit coup de gloss et je tourne sur moi-même devant la glace en pied, les mains posées sur la taille. Il me regarde très attentivement, depuis mon bustier échancré en cuir, en passant par mon jean coupe bottillon tellement serré qu'on dirait qu'il a été moulé sur moi et qui me fait un cul d'enfer, jusqu'à mes bottes Harley aux talons de huit centimètres. J'ai des bijoux en argent aux doigts, aux poignets, aux oreilles et deux cordelettes qui pendent entre mes petits seins.

Habillée comme ça, je me sens une vraie *biker babe*[5].

– Non, merde, je retire ce que j'ai dit. J'adore te voir traîner à la maison pieds nus en pyjama d'homme et sans aucun maquillage, mais je n'hésiterai pas une seconde à emmener la *biker boss*[6] qui est devant moi faire un tour, chaque jour que Dieu fait.

Je réponds par un grand sourire tout en tournant sur moi-même lentement, connaissant son faible pour mon cul. Chaque fois que je me déplace d'une pièce à l'autre et qu'il est assis sur le canapé ou occupé à la cuisine, je le surprends toujours à jeter un coup d'œil sur mon derrière.

Il souffle entre ses dents et ce son a le don de me traverser le corps, de mes oreilles jusqu'à mon entrejambe. Tout de suite, je me sens en manque et d'humeur coquine.

– Putain, j'ai intérêt à garder un œil sur toi pendant toute la soirée.

J'attrape mon sac que je mets en bandoulière :

– Juste un ?

Je lui lance le sourire le plus sensuel que je sais faire tout en passant devant lui, l'air de rien. Il hoche la tête en se caressant les lèvres d'un pouce. Je jure que je peux entendre le bruit que fait sa main en passant sur sa barbe fraîchement taillée ; un bruit qui me donne une furieuse envie de frotter mon menton et mes joues contre les siennes pour vérifier par moi-même les sensations qu'un tel contact peut provoquer en moi. Courts sur les côtés, ses cheveux bruns sont plus épais sur le sommet de son crâne. Il porte un jean délavé presque moulant et un tee-shirt noir bien tendu sur sa puissante charpente. Les coutures du bord de ses manches autour de ses biceps sont à la limite de craquer, tellement ses muscles tirent sur le coton.

Derek « Champ » Layton est mon fantasme devenu réalité.

Sauf que là, on ne parle pas de fantasme. Aucun rêve ne va se réaliser. Je suis ici pour bosser. J'ai une mission importante à remplir, une mission dangereuse qui plus est, après ce que ces criminels ont déjà fait

---

5 Nana bikeuse.

6 Patronne bikeuse.

aux trois femmes du Hero's Pride MC. Des femmes que j'ai rencontrées à la fête du club le mois dernier quand nous avons commencé à élaborer le plan. Depuis, j'ai eu l'occasion de les revoir une par une.

Durant cette fête, j'ai pu assister à l'échange des vœux de Tank et de sa femme Holly quand ils se sont officiellement demandés au cours d'une cérémonie qui m'a fait froid dans le dos, m'a profondément choquée et me donne toujours des cauchemars. J'en tremble encore en pensant à l'odeur de la chair brûlée quand, tout à coup, des bras viennent m'enlacer… et mon dos se coller au torse de Champ.

– Couvre-toi, bébé, tu trembles déjà.

Un peu absente, je lui caresse le bras en m'appuyant contre lui un bref instant. Un simple instant de folie que j'ai l'impression de vivre comme un moment noyé de bonheur.

– Voui… je réponds en inspirant, laissant son odeur envahir tous mes sens.

Une odeur difficile à décrire. Une odeur que je ne comprends pas. Il y a une touche de savon Irish Spring ; je sais qu'il l'utilise pour sa douche. Il y a aussi du déodorant Old Spice que je devine derrière cette riche odeur d'eau de Cologne, mais il y a autre chose… une note plus douce avec un peu de noisette, un truc que j'adore. Dès que je tourne la tête, ce parfum devient plus intense. Je m'appuie de tout mon long contre lui et il me serre encore plus fort quand je me mets sur la pointe des pieds et que mon visage s'approche du sien. Au moment où ses lèvres sont prêtes à toucher les miennes, mon nez frotte sur sa barbe et là, c'est le flash : une note d'amande !

J'en inspire une grande bouffée pour laisser cette belle fragrance qu'on pourrait presque manger envahir mes poumons.

Un peu désemparé, Champ me demande :

– Tout va bien, bébé ?

J'expire enfin longuement et me retourne vers lui en secouant les épaules et la tête comme si j'essayais de me débarrasser de gouttelettes d'eau en sortant de ma douche.

– Tu sens l'amande.

Il passe une main sur son visage, l'air béat :

– Une huile spécial barbe. Elle garde la peau douce et bien hydratée ; avec ça, la barbe est plus facile à entretenir. Autrement, c'est chiant.

Quand il me voit lever les yeux au ciel, il éclate de rire.

– Ok. J'aime bien. Ça sent, euh… vraiment bon.

Je me racle la gorge en me dirigeant vers le placard qui est à côté de la porte pour en sortir mon bomber en cuir que j'enfile sans plus tarder.

– Je suis content que tu aimes, me dit-il en arrivant derrière moi.

Sans se demander s'il me dérange, il attrape son gilet qu'il enfile à son tour sans attendre et prend ensuite son blouson de cuir. Ils sont tous les deux marqués de l'emblème du club.

– Tu ne penses pas que c'est un peu trop ? Ton blouson avec le logo du club, plus ton gilet ?

– Le gilet, je le porte toujours, bébé, me répond-il avec un petit sourire. On peut avoir froid sur la bike et, pour moi, le Pride, c'est important, me dit-il, comme si j'avais compris où il voulait en venir.

– Désolé, je ne comprends pas.

– Quand les gens me voient, je veux qu'ils sachent que je fais partie d'une famille. Tout comme je veux qu'ils sachent qu'il ne faut pas me chercher des noises, parce que je sais comment répondre. Ou pire, ce sont mes frères qui le feront. Comme j'ai fait partie du circuit pro de boxe, pas mal de mecs pensent qu'ils peuvent prouver leur virilité en me provoquant. Ils sont vite remis à leur place. En voyant mon statut au sein du club… ils y réfléchissent à deux fois. Ne t'inquiète pas, je peux me gérer tout seul ; et m'occuper de toi aussi, pas de problème.

– Hum…

Champ baisse mon menton d'une main et me tapote le nez de l'autre :

– Hum… Toi au moins, tu ne manques pas de sang-froid. Tu réagis toujours comme si rien ne te touchait, mais je suis sûr que, dans cette jolie petite tête, c'est un tourbillon qui s'agite, scrutant chaque personne que tu rencontres, analysant la prochaine décision que tu vas prendre et réfléchissant à la réponse que tu vas faire.

– Tu penses que tu as tout compris de moi, c'est ça ?

Il sourit, l'air de dire « je sais que tu me caches quelque chose », avant de me prendre par les épaules :

– Allons nous montrer, ma chérie.

– Si je suis ta « chérie », cela veut-il dire que tu es mon « chéri » ?

– Petites fossettes, je serai qui tu voudras tant que tu seras à moi.

Tout à coup, j'ai un coup de chaud et je fais tout pour ravaler un petit gémissement d'approbation. À la place, pour me donner une contenance, je marche d'un pas décontracté jusqu'à la moto. En fait, par-dessus tout, j'aurais adoré appartenir à un vrai mâle comme Derek. Un homme qui ne prend pas son pied en battant sa femme, ni en essayant de la forcer à faire tout ce qu'il veut, ni en la poussant à jouer un rôle dont elle n'a aucune envie. Celle qui marche pieds nus, ou celle qui est enceinte, ou celle qui attend son mari chaque soir à la maison en lui préparant à dîner. Ce qui ne veut pas dire qu'un jour je n'aurai pas envie d'être mère ou de préparer des petits plats pour mon homme, c'est juste que, dans ce cas, je veux que ce soit mon propre choix. Pas une obligation, et encore moins un ordre de mon mari.

– Monte là-dessus, bébé.

Champ démarre sa Harley et le bruit du moteur me calme tout de suite. Mon cœur revient à son rythme normal.

Je mets une main sur son épaule, une botte sur le marchepied et passe une jambe par-dessus la machine. Mon corps glisse vers l'avant avant que je puisse serrer mes cuisses contre celles de Champ. Il fait vrombir le moteur, puis je m'installe confortablement en collant mon corps à son dos. La moto ronronne et son énergie monte jusqu'à mon âme…

Un vrai paradis.

Il n'y a rien de mieux.

– On dirait un gant, il marmonne en faisant marche arrière.

– Pardon ?

– La façon dont tu te moules contre moi, bébé, c'est comme un putain de gant. Pas de doute, c'est ta place. Tu es exactement là où tu dois être.

– Champ, tout ce que tu dis…

Je penche ma tête plus près de son épaule et prends une grande bouffée de ce parfum d'amande qui me rend dingue.

– Je ne dis que la vérité. Voilà une promesse sur laquelle tu peux compter, Tammy. Je ne te raconterai jamais de bobard, jamais de mensonge, jamais je ne te ferai de mal. Je mourrai s'il le faut pour te protéger.

Je ferme les yeux en souhaitant de toutes mes forces que les choses n'en arrivent pas là. Le monde n'a pas besoin de moi pour continuer à tourner, mais Champ lui, fait toute la différence. Sa seule présence rend cette vie meilleure. C'est ce que je ressens au plus profond de moi.

* * *

Le *O'Donnell* est en plein boum quand nous y entrons. Partout où je regarde, c'est une mer de gilets de cuir. Une vraie mecque pour bikers.

– Waouh ! Dis-moi, tous tes frères se sont donné rendez-vous, ma parole ? je demande à Champ alors que nous essayons d'atteindre le bar.

– Ouais, il y en a plus que d'habitude, il me répond en regardant autour de lui. Depuis les attaques, les chéries ne vont nulle part sans être accompagnées d'une ou deux escortes et les clubs associés nous ont envoyé des frères pour renforcer la sécurité partout. À mon avis, là, il y a une bonne quarantaine de mecs en plus.

– Ils peuvent tout plaquer comme ça en un rien de temps ?

Dans la foule, il a du mal à nous faire traverser un groupe de mecs costauds.

– Ouais, bébé. C'est comme ça que ça marche : quand un frère a un problème, on fait ce qu'il faut. Et comme les chéries se sont fait sérieusement emmerder – trois fois de suite ! –, tout le monde a resserré les rangs. C'est un principe, les chéries sont intouchables. C'est même l'une des seules véritables règles d'un club.

Je lui fais signe que j'ai compris. Enfin, il arrive à me conduire jusqu'au bar où j'aperçois Mags, également connue sous le nom de « reine » des chéries, parce qu'elle est la chérie du président Riot, en train de boire des verres avec sa fille Shay qui, de son côté, est mariée au vice-président. Pas très loin, je reconnais Rex, le mari de Shay, qui a l'air de s'en payer une bonne, attablé avec un groupe de types que je reconnais vaguement parce qu'ils devaient être à la fête du mois dernier. Pendant que je l'observe, je remarque qu'il n'arrête pas de regarder autour de lui en marquant toujours un temps d'arrêt sur les femmes avant de continuer. L'homme est sur ses gardes. Rassurant.

Nous approchons du comptoir où se presse un tas de monde. Il regarde l'homme assis à côté de Mags et lui fait un petit signe de tête sans dire un mot. Le frère vérifie la situation autour de lui, me fixe des yeux et, à son tour, hoche de la tête en regardant Champ. Il se lève tout de suite et m'invite à prendre son siège.

– Assieds-toi là, Petites fossettes.

Mags, qui a reconnu sa voix, se tourne vers nous ; son visage s'éclaire tout de suite. Elle tape un bon coup sur le bar et dit avec un grand sourire :

– Petites fossettes ! C'est tout à fait ça !

– Tout à fait ça, vraiment ?

– Oui, ton nom de club. Je me suis creusé les méninges et je n'ai rien trouvé. Petites fossettes, c'est parfait !

Champ ricane doucement avant de me prendre par la taille en posant ses mains à moitié sur mes hanches, à moitié sur mes fesses. Un geste d'appartenance.

– Qu'est-ce que tu vas prendre, bébé ?

Je commence à jeter un œil sur les bouteilles d'alcool, mais avant que j'aie pu dire un mot, Mags s'écrie :

– Shane, deux shots de tequila pour Petites fossettes qui est ici. (Elle lève son pouce en me faisant un clin d'œil.) Tu mettras aussi une autre tournée pour Shay et moi, et une bière pour Champ ! Tu vas partager des shots avec nous. Excellent rituel d'intronisation au club des femmes !

– Club des femmes ?

– Ouais ! Les *Biker Babes* !

– Comme ma boutique, ajoute Shay en s'appuyant un coude sur le comptoir, la tête posée sur sa main.

Elle a une crinière aussi sauvage que celle de sa mère, et ses yeux sont d'un magnifique bleu acier. En les observant, on sait tout de suite qu'elles sont de la même famille : les mêmes yeux, la même nature de cheveux, les mêmes seins volumineux et le même corps aux formes généreuses. De vraies bikeuses de la tête aux pieds. Mags n'est qu'une version légèrement plus vieille de sa fille. Je n'ai pas le mot pour définir de telles beautés, mais leur seule existence est la preuve qu'il existe. Et, par-dessus tout, leurs cœurs aussi sont beaux.

– J'ai hâte d'y aller. D'après Champ, c'est l'endroit idéal pour se faire de nouveaux amis.

– Carrément, ajoute doucement Shay.

Elle se met à sourire quand un homme aux cheveux longs lui attrape le derrière, plonge sa tête vers elle et lui mordille les épaules.

–Oh là là… je murmure tandis que Champ s'appuie plus fort contre mon dos.

Je regarde, étonnée, ce que Rex fait de ses mains en pelotant sa femme de manière plutôt crue devant Mags et moi, même s'il le fait assez discrètement pour le reste de la salle vu que sa silhouette imposante cache le corps plus menu de sa femme.

Tout de suite, Shay jette sa tête en arrière et Rex lui prend la bouche. Et, quand je dis « prend la bouche », je veux dire par là qu'il a l'air de littéralement la pénétrer avec sa langue pendant un bon moment tout en continuant à la peloter. Elle pousse de longs gémissements et prend tout ce qu'il lui donne.

– Mon Dieu !… je dis tout bas.

Je ressens le besoin de détourner mon regard. Cet homme n'a visiblement aucun problème à toucher sa femme pour montrer à tout le monde combien il l'aime.

Quand enfin Rex relève la tête, il lui mordille les lèvres en disant :

– J'aime ce goût de tequila sur ta langue, mon chaton.

Un peu provocatrice, elle se mordille les lèvres, on dirait aussi que le noir de ses pupilles est venu envahir le bleu de ses yeux.

– Très bien, je vais donc en boire un peu plus.

– Je te baiserais n'importe quand, mais tu es plus sauvage quand tu as bu.

– Tu as envie du grand jeu, bébé ?

– Putain, ouais… Anya garde les jumeaux, je vais pouvoir te baiser toute la nuit.

– On y va maintenant ?

Rex éclate de rire. Shay pose son menton sur sa puissante poitrine, elle n'a d'yeux que pour lui. Moi aussi, j'ai envie de ça : regarder un homme comme s'il était tout pour moi et voir dans son regard qu'il me rend la pareille.

– Encore un petit moment, amuse-toi avec ta mère, bébé. Et ensuite, je te prendrai comme une bête.

Shay s'en lèche les babines et murmure :

– Comme une bête…

L'air satisfait, il l'embrasse sur les lèvres et le menton avant de la laisser quitter ses bras.

– J'ai bien l'impression qu'on va me donner un nouveau petit-enfant l'année prochaine… Youpi ! s'exclame Mags en faisant le geste de tirer une sonnette le poing fermé.

Je n'en crois pas mes oreilles.

– Tu es enceinte ? je demande tout bas à Shay en me glissant entre elle et sa mère.

– Putain non ! Si c'était le cas, je ne boirais pas des shots avec maman. Mais je sais que Rex veut absolument un autre enfant. Il ne cesse de me rappeler que les jumeaux vont avoir deux ans ; ce qui est vrai, ils ont déjà plus de dix-huit mois. Il ne souhaite pas qu'il y ait trop de différence d'âge entre nos petits.

– Si je comprends bien, vous essayez.

Elle acquiesce.

– Il n'arrête pas de foutre mes pilules à la poubelle ou alors il en enlève une ou deux avant que je les prenne, si bien que je suis perdue dans mes calculs de jours. C'est un vrai roublard.

– Hum… et toi, tu ne dis rien ?

Heureusement, juste avant de me marier avec Clint, je m'étais fait mettre un stérilet. Comme il insistait pour me mettre enceinte dès que nous nous sommes mariés, je l'ai gardé sans jamais le lui dire. Après dix ans de ce type de contraception pour me protéger d'un homme, hors de question de recommencer le même schéma avec un autre.

Mags répond tout de suite :

– Tu penses sérieusement que ma fille laisserait quelqu'un prendre ce genre de décision à sa place ? Elle se débrouillerait autrement si elle ne voulait vraiment plus d'enfant.

L'air un peu absente, Shay me regarde avec un léger sourire :

– J'aime bien ce petit jeu.

Un aveu qu'elle me demande de taire en mettant un doigt sur sa bouche.

– Tu n'as pas l'air trop mécontente de sa tactique ni de ton jeu.

J'essaie de la jouer cool pour me mettre ces deux-là dans la poche. Tant qu'à faire partie de ce monde, au moins pour un moment, j'ai besoin de nouvelles amies et, d'après ce que je sais, Mags et Shay sont parmi les plus sympas du groupe. À la fois respectées et aimées de tout le club.

– Tu n'aurais pas vu mon homme par hasard ?

En tournant la tête, j'aperçois Rex et Champ qui discutent tous les deux plus loin, assis à une table de frères. Ils sont aussi grands l'un que l'autre, mais Rex porte de longues boucles blondes qui lui tombent jusqu'aux épaules. Sa barbe, tout comme sa moustache, qu'il a plus longues que celles de Champ, lui donnent un air sombre de mauvais garçon.

– Est-ce que tu aurais envie d'avoir des enfants avec cet homme ? me demande-t-elle dans un soupir en regardant son mari, l'air rêveuse.

Rex est un bel homme, un genre de Jason Momoa[7] avec tatouages et plein de cheveux, mais je préfère Champ qui est bâti comme *The Rock*[8], avec un visage qui ressemble plus ou moins à Keanu Reeves[9]. Mon homme est fabuleusement sexy. Le genre de mec qui peut vous soulever et vous jeter sur un lit sans avoir la moindre goutte de sueur. Non seulement, il respire la virilité mais il a une force de caractère que j'adore.

– J'ai l'impression que notre Petites fossettes, ici présente, préfère le genre plus sombre…

Et Mags de pouffer de rire pendant que je rougis.

Je me retourne, les shots sont là devant moi. Sans attendre, je m'enfile le premier, le deuxième dans la foulée, et je donne un coup sec sur le bar :

– Remets-moi ça, barman, je dis bien fort à la cantonade.

– Puisqu'on en parle, ne va pas croire que je vais me répandre sur le fait que tu es attirée par notre Champ. Ce genre de chose, c'est ma mère qui s'en charge.

Tout en tournant la tête vers Mags, je lui réponds :

– Tu sais, ça fait partie du jeu. Mais entre nous, sincèrement, je n'ai pas trop de mal à le regarder ni à passer du temps avec lui.

Mags se redresse sur son tabouret et éclate de rire :

– Voilà qui nous promet une sacrée virée !

– M'an, tu as déjà descendu quatre shots. Papa va devoir te porter pour te ramener si tu continues.

– Et pourquoi pas ! Avance la Stang[10], Whip. Il aura juste à jeter mon cul dedans avant de me mettre au lit.

---

7 Joseph Jason Namakaeha Momoa est un acteur et réalisateur américain d'origine océanienne.

8 Surnom de l'acteur et metteur en scène américain Dwayne Johnson, ex-champion de catch.

9 Acteur canadien, héros notamment de la série *Matrix*.

10 Mustang : modèle de voiture de la marque Ford.

Shane O'Donnell, que tout le monde appelle Whip au club, n'est autre que le fils de Mags. Il dirige le bar du même nom, vient juste de se marier et est papa d'une petite fille de cinq ans. On dit qu'il essaie de mettre Anya enceinte depuis leur lune de miel. Anya, que j'ai aussi rencontrée, est une ex-danseuse étoile blonde, grande, magnifique et très souple. Mais elle est aussi pure et innocente que le jour qui se lève. Une preuve de plus qu'il ne faut pas juger sur les apparences. Bikers et danseuses étoiles, c'est pareil ; bikers et libraires, même combat.

Bikers et policières ? Là, j'ai l'impression qu'il va falloir attendre un peu pour le savoir, après avoir bu au moins une tonne de shots de tequila. Ce soir, j'ai réussi à établir un bon contact avec les deux principales chéries du club et j'ai fait croire à tous ceux qui étaient dans le bar que je sortais avec Champ. Avec un peu de chance, j'ai même peut-être croisé le regard d'un des types que nous recherchons. Dans cette mer de bikers, ce n'est pas chose facile. Je ne sais pas encore qui sont ceux d'ici, qui sont ceux qui viennent d'ailleurs et, a fortiori, qui sont ceux de passage. Il faut de toute urgence que je passe plus de temps à connaître les membres du club.

Par la même occasion, je pourrais peut-être réfléchir un peu à ce que je vais foutre du reste de ma putain de vie. Impossible de retourner en Californie, même si Michelle est toujours là-bas. Elle le sait aussi bien que moi. Cet État, c'est fini, et pour plusieurs raisons dont la principale est que Clint ne va jamais quitter la région. Il y a trop investi et je sais qu'il pense à des projets pour l'avenir avec lesquels je ne veux pas avoir affaire.

Si les événements ne tournent pas comme prévu ici, et que le shérif n'a pas de poste fixe à me proposer, je pourrais peut-être déménager sur la côte opposée. Je n'aurais rien contre le Kentucky, par exemple.

Whip remet deux nouveaux shots devant nous, les filles.

Nous sommes trois à lever nos verres ensemble.

– À qui le toast ? demande Shay.

– Vivre à fond, faire des virées à moto en toute liberté et tout faire avec nos grands beaux costauds qui nous protègent ! s'exclame Mags.

Je descends le mien d'un trait en pensant que la seule personne qui peut me protéger, c'est moi-même. Intérieurement, je porte donc ce toast à ma seule petite personne en espérant malgré tout que je puisse aider de mon mieux ces femmes, ce club et les autorités à se débarrasser des ordures qui leur causent tant d'ennuis. Je sais que ces attaques ne sont que la partie visible de problèmes plus sérieux. Pour le moment, je n'ai pas vraiment de piste mais, je le sens, c'est pour bientôt. Aucun doute possible, ces mecs vont revenir faire des conneries.

La question, c'est : quand ?

# CHAPITRE 3

## Champ

Les chaussettes encore aux pieds, j'essaie sans bruit d'ouvrir la porte de la chambre d'amis. Petite victoire, elle n'est pas fermée à clé. Elle a donc confiance en moi. Ce qui fait vraiment plaisir, sachant tout ce que Tammy a pu endurer avec son ex. Un homme qui était supposé l'aimer, la respecter et la chérir. Pour moi, un homme n'en est pas vraiment un s'il ose lever la main sur une femme. C'est pourquoi, quand Tammy et le club en auront fini avec tous ces problèmes, j'ai l'intention d'aller faire un tour en Californie. Juste pour rendre visite à ce Clint Hamilton. Ce qui est étrange, c'est que ce nom, Hamilton, me dit quelque chose, et il tourne dans ma tête quand je m'avance à pas feutrés dans la pièce tranquille et sombre.

Au milieu du lit, je distingue une forme roulée en boule. Tiens, elle dort au milieu… Ça m'est égal du moment qu'une femme se blottit contre moi quand nous dormons ensemble. La couette est relevée jusqu'à son nez. Je pose le smoothie que je viens de préparer sur la table de nuit et m'assois doucement sur le bord du lit tout en posant ma main sur le petit tas endormi.

– Coucou, patron, c'est l'heure de se lever, dis-je en la remuant légèrement.

Elle cligne des yeux… La seule chose que je vois est un petit tourbillon de vert. Elle fronce les sourcils et descend la couette jusqu'à son menton :

– Quoi ? Pourquoi ?

– Je t'emmène à la salle. Je vais te présenter à toute mon équipe… et t'entraîner.

Elle se relève, la couette glisse jusqu'à sa taille. Elle porte un débardeur à côtes qui dessine parfaitement ses petits seins. J'aperçois même très légèrement, comme une ombre, un vague bout de ses tétons qui pointent. J'ai soudain terriblement envie de les pincer et de tirer dessus. Instinctivement, je serre les poings et me mords les lèvres pour me retenir.

– Mes yeux sont ici, Champ, me signale-t-elle d'une voix éraillée.

– Je sais, mais tes seins sont en train de me dire bonjour et ce serait mal élevé de les ignorer.

C'est plus fort que moi, je ne peux pas m'empêcher de poser une main sur son petit buste et de faire glisser un pouce sur ses bouts durcis à travers le coton. Elle retient son souffle ; moi, je ferme les yeux en faisant de légers cercles autour du bout de chair qui peu à peu devient plus ferme jusqu'à ce que je puisse donner une petite tape sur le téton sans trop bouger.

– Mon Dieu… Champ…

Sa voix déjà n'est plus qu'un souffle, mais elle ne m'a pas encore demandé d'arrêter. Mieux : elle jette la tête en arrière et rapproche légèrement sa poitrine de moi. Pas clairement une invitation à continuer, mais ce subtil mouvement en dit plus que des mots.

Je prends donc un petit sein entier dans la main, elle marque un léger recul, mais elle ouvre les yeux quand je pose mon autre main derrière sa nuque en glissant mes doigts dans ses cheveux.

– Mais… que fais-tu ?

Son regard est à la fois rempli d'une certaine crainte et d'un désir naissant.

– Je vais juste t'embrasser pour te dire bonjour, Tammy.

Ses lèvres bougent, elle se les lèche, mais elle ne dit rien. Je me penche plus près, elle me regarde avec attention, comme si elle se demandait ce qui allait se passer. Et pourtant… je ne peux pas être plus clair.

– Quoi ?… Hum… Pourquoi ?…

– Tu sais très bien pourquoi, je lui réponds en lui pinçant gentiment le bout du sein.

Je vois qu'elle ravale sa salive et je l'entends murmurer :

– Pourquoi maintenant ?

– Bébé, la première fois que je vais mettre ma bouche sur la tienne, je ne veux pas que ce soit en faisant semblant et en public. Mon premier baiser, c'est une histoire entre toi et moi. Et rien d'autre.

– Ah ?

– Tu me donnes la permission ?

Je dois encore attendre un bon moment avant qu'enfin – et heureusement – elle finisse par me dire oui. Comme je la tiens par la nuque, j'en profite pour la rapprocher de moi ; je penche un peu la tête et je m'empare doucement de sa bouche pulpeuse. Sans attendre, elle l'entrouvre comme si elle était aussi pressée de goûter à ma bouche que moi de goûter à la sienne. Aucune hésitation.

Un petit coup de langue, et je suis déjà dedans, et j'adore le petit jeu auquel on se livre tout de suite. Quoique je vienne juste de la réveiller, elle a le goût de mon dentifrice à la menthe. Elle pousse de légers gémissements dans ma bouche et m'enlace en enfonçant ses mains dans mes cheveux. De mon côté, je la serre fort contre moi en dessinant des grands cercles dans son dos avant de retirer complètement la couette, de la soulever et de l'installer à califourchon sur moi. Ses genoux, de chaque côté de mes cuisses, à elle la position dominante. Elle en profite pour m'embrasser plus fort, toujours les doigts dans mes cheveux, avec ses hanches qui dessinent des cercles sur ma queue. Effet immédiat, elle durcit de plus en plus.

D'une main, je la retiens contre moi, de l'autre, je calme les mouvements de son bassin. Surprise, elle arrête de m'embrasser. Les yeux grands ouverts, je vois tout le désir qui passe dans ces billes noisette qui me regardent :

– Pourquoi tu m'arrêtes ?

– Je pense que tu n'es pas encore prête pour cette étape, bébé. Mais si tu continues à t'agiter sur ma queue, je ne vais pas résister à prendre ce que tu m'offres.

Elle s'immobilise complètement, et le désir qui traversait ses yeux s'éteint tout de suite comme si j'avais touché un interrupteur. Toute gênée, elle se relève bien droite et passe sa main sur sa bouche :

– Je… euh… merde… je n'aurais pas dû faire ça.

J'éclate de rire, me relève à mon tour, passe ma main sur la bosse de mon pantalon de survêt et lui réponds simplement :

– Je suis content de savoir qu'il me suffit de mettre ma bouche sur la tienne pour que ta maîtrise de toi devienne un petit volcan.

Elle n'en croit pas ses oreilles :

– Il ne faudrait tout de même pas oublier que c'est toi qui m'as embrassée, me dit-elle alors dans un mouvement de recul, tout en me pointant du doigt.

Sa respiration est encore haletante, mais je vois qu'elle fait des efforts pour reprendre ses esprits.

– Bébé, tu me retenais, la tête collée à ta bouche, avec un tel enthousiasme que j'ai eu du mal à me relever. Ce baiser, je l'ai commencé, c'est vrai, mais tu as vite pris les choses en mains dès que je t'ai mise sur moi.

– Tu es vraiment insupportable, grogne-t-elle.

– Tu adores ça et tu en veux davantage de ton Champ insupportable, je me trompe ?

– Je te hais.

– C'est curieux, mais les marques de tes ongles sur mes épaules, tes jolis tétons bien durs et toutes ces mèches que j'ai dû perdre vu la façon dont tu as malmené mes cheveux, disent exactement le contraire.

– Malmené quoi ? Tu plaisantes, j'espère !

Si, en plus, elle avait tapé du pied par terre, je crois que je n'aurais pas pu garder mon sérieux.

Je fais un geste du menton en direction du verre qui se trouve toujours sur sa table de nuit :

– Je t'ai fait un smoothie. Bois-le. C'est plein de protéines, d'antioxydants et de vitamines. Et puis, dépêche-toi maintenant si tu veux faire tout ton programme, Petites Fossettes.

– Mon programme de quoi ?

– Ton entraînement à la gym.

Complètement à l'ouest, elle passe une main dans ses cheveux châtains tout décoiffés. Cette fille a une tignasse incroyable. Mais là, alors qu'elle vient juste de se lever et que j'ai mis mes doigts partout dedans, je la trouve magnifique.

– Arrête… Tu as décidé de me faire suivre un entraînement ?

– Ben ouais, pourquoi ?

– Tu as décidé de me tuer ou quoi ? Fais attention ; rappelle-toi que mon revolver est toujours à portée de main.

Mon Dieu, qu'elle est sexy quand elle s'énerve !

– Et alors ?

– Champ, tu viens de dire à une femme que tu avais décidé de lui faire suivre un programme d'entraînement. Tu ne crois pas que c'est légèrement exagéré, voire terriblement agaçant ?

– Que je sache, tu t'entraînes ? Je viens de toucher ton corps et je me suis rendu compte que tout était parfaitement bien dessiné. Impossible que tu sois comme ça sans t'entraîner. Et il faut voir quel est ton rapport à la bouffe ! Quelquefois, quand tu manges, simplement parce que tu aimes ça, j'ai l'impression que tu vas avoir un orgasme sans même que je te touche. Putain, j'ai remarqué qu'il ne fallait pas t'en promettre, à toi !

– C'est vrai, je dois avouer que j'aime bien manger.

Elle croise les bras, l'air contente d'elle tout en faisant la grimace ; on dirait un petit chaton qui a faim.

– Ici, je veux pouvoir te procurer tout ce dont tu as besoin, bébé. Il se trouve que j'ai une salle à moi, donc je vais t'entraîner, logique. En plus, il faut que notre entourage s'habitue à te considérer comme ma chérie.

– Je vois… tu fais marche arrière et mets ça sur le compte du boulot maintenant.

Un peu agacé, je lâche un grand soupir et lui réponds :

– Non. Je veux juste te faire participer à ma vie, me présenter à toi tel que je suis vraiment. Te prouver que je ne suis pas seulement le biker de service avec qui tu vis à la colle pour t'aider à résoudre ton affaire. Tu ne veux pas y aller ? Tu ne veux pas que je t'entraîne ? Très bien. Il y a une autre salle en ville et si tu y vas, de toute façon, tu auras un homme sur ton dos, même si ce n'est pas moi.

– Est-ce que tu as compris que, dans le scénario mis en place, c'est moi qui suis censée te protéger ? C'est moi, celle qui porte une arme et un insigne et qui travaille incognito pour aider ton club ?

– Et alors, l'union fait la force, bébé ? je lui réponds en souriant. En tant qu'homme de main du club, mon rôle n'est-il pas de te protéger comme toutes les autres chéries ? Maintenant, si tu ne veux pas venir à la salle et que tu préfères te morfondre ici toute la journée, libre à toi !

– Me morfondre ? Pfff… grogne-t-elle en tournant les talons. Donne-moi un quart d'heure et je serai prête.

– Pas de problème, patron, j'ajoute, tout content, en sortant de sa chambre.

Je tire la porte derrière moi et suis heureux de constater qu'elle ne se précipite pas pour s'enfermer à double tour dès que j'ai quitté la pièce.

* * *

– Salut ! dis-je en voyant mon frère Tank.

Assis sur un banc, devant un mur en miroir, il tient dans ses mains une grosse barre avec cinquante kilos à chaque bout.

– Tu as besoin d'aide ?

Il me fait signe que oui. Prenant Tammy par la main, je la fais venir près de nous.

– Bonjour, Tank ! Comment vas-tu ce matin, lui demande-t-elle.

– Mieux, depuis que j'ai la joie de voir ta jolie petite frimousse plutôt que la sale gueule de mon frère quand je soulève de la fonte.

Tank lui fait un grand sourire accompagné d'un clin d'œil.

– Sans blague, frérot ? N'oublie pas que je suis là, moi aussi !

Satisfait de sa plaisanterie, il se cale sur le banc et s'installe du mieux qu'il peut pour en soulever autant que possible.

– Tammy, commence à t'échauffer sur le tapis de course ; moi, je le surveille pendant qu'il va faire ses reps, ok ?

– D'ac, me répond-elle gentiment.

Son ton agacé de tout à l'heure est resté à la maison. Je me demande si c'est elle, normale et cool, ou si elle fait un petit numéro de charme à Tank.

Je m'installe derrière lui tout en gardant un œil sur Tammy qui commence à courir sur la machine.

Elle s'applique à bien développer son déroulé de jambes qui augmente à mesure de sa course. Sa tenue moulante me donne tout de suite envie de la plaquer contre le grand miroir pour la baiser sur place. Son pantalon taille basse en lycra a, sur les côtés, des lanières rose foncé en forme de « X » qui descendent de ses hanches jusqu'à mi-mollet, dévoilant un peu de peau nue. Son top est du même rose avec une bande de tissu croisée devant qui lui passe derrière le cou, ce qui fait que son ventre est complètement découvert.

– Mon frère, je sais que le spectacle est bien plus joli sur le tapis de course, mais j'ai vraiment besoin d'un support ici. Concentre-toi sur ce que tu fais, me dit Tank en éclatant de rire.

– Oui, merde. Tu as raison, vieux.

Il serre ses mains sur la barre et commence à la soulever. Bien calé derrière lui, je me tiens prêt à la reprendre au cas où il aurait une petite faiblesse, mais il arrive à faire dix reps avant de la reposer sur son support.

– Elle te fait tourner la tête ? me demande Tank.

Il s'étire les bras l'un après l'autre sur sa large poitrine avant de reprendre la barre et de s'allonger sur le banc, prêt pour dix nouvelles reps.

– Putain, ouais. Je sais pourquoi elle est ici, mais j'ai trop envie de commencer un truc avec elle.

Il repose tout de suite la barre et me regarde, étonné :

– Parce que tu n'as encore rien fait ?

Je fais non de la tête.

– Rien du tout ? il insiste, l'œil inquiet.

– Si, un petit machin ce matin, mais tu sais, elle est en train de divorcer d'un sérieux connard.

– Un détail qui n'était pas mentionné dans le brief.

– Non, tu as raison. Quand elle est arrivée la semaine dernière, elle était couverte de bleus et d'hématomes, je lui dis discrètement.

Les bras de Tank faiblissent en entendant ça ; d'un geste précis, je l'aide à remettre la barre en place. Immédiatement, il se relève et se retourne pour me regarder :

– Putain, répète un peu !

Une vraie colère, que je partage pleinement, lui traverse le regard. Je m'accroupis pour pouvoir lui parler plus à l'aise :

– Je ne t'ai rien dit, tu n'as rien entendu, ok ? Ça ne regarde personne.

– Enfin, Champ, c'est ta femme, que je sache !

– En tout cas, j'y travaille, je lui réponds dans un grand soupir.

– Laisse-moi te poser la question différemment : tu as bien l'intention d'en faire ta femme ? Alors tu sais ce qu'il te reste à faire : demande-la officiellement comme chérie.

– Encore faut-il qu'elle le veuille et, comme tu sais, la situation n'est pas simple. Ce n'est pas pour ça qu'elle est ici. Et, que je sache, malgré tous ses problèmes, sa vie est encore en Californie.

– Tu parles d'un merdier, mon frère, dit Tank en me posant une main sur l'épaule.

– Ça va, je m'en arrange, mais, chaque jour qui passe, c'est dur de réaliser qu'elle n'est pas ici pour moi.

À ce moment-là, Tank me fait un beau sourire de ses grands yeux bleus pleins de malice, et me répond :

– À toi de renverser la vapeur, mon frère. Ne lui laisse pas le choix, vas-y carrément.

Il jette ensuite un œil sur Tammy qui, maintenant, sprinte sur le tapis de course. Son petit cul remue juste ce qu'il faut et j'ai bien envie d'en prendre un morceau tout de suite… peut-être même après l'avoir rendu bien rose sous l'effet d'une jolie fessée. Elle nous fait un signe dans le miroir. Elle est trop mignonne.

– Il est temps d'attaquer, mon frère. La promesse d'avoir de ce que je vois là dans ton lit toutes les nuits ? Merde, moi je n'hésiterais pas.

Tank, l'air béat, détaille encore la silhouette de Tammy tout en hochant de la tête.

– Bien sûr, je vais répéter à Holly ce que tu viens de me dire.

Son expression change soudain du tout au tout :

– Tu veux ma mort, mon frère ? Ma femme a l'air douce et innocente au premier abord, mais elle serait capable de me couper la queue si elle pensait un seul instant que je pourrais m'éloigner d'elle et, tu sais, j'ai plus qu'il m'en faut à la maison. Crois-moi, je suis le plus heureux des hommes de ce côté-ci des States. Ce qui ne veut pas dire que je ne peux pas regarder une belle femme et savoir apprécier si elle est faite pour mon frère, ou pas.

– C'est ça. Eh bien, garde ton appréciation loin de son cul et de ses petits seins, et tout ira bien, je lui dis entre mes dents.

Tout ça commence à m'agacer. Comme il l'a bien compris, Champ ricane dans sa barbe et lève la main :

– Va donc plutôt aider ta jolie Tammy. Moi, je vais me refaire quelques reps. Rex vient d'arriver, il va m'aider.

En effet, en regardant par-dessus mon épaule, j'aperçois Rex qui sort de son gros pick-up.

– Super. Merci, mon frère. Que dirais-tu d'un petit tour sur le ring tout à l'heure, hein ?

– Tant que tu ne me frappes pas au visage… Holly était furieuse la semaine dernière quand je suis rentrée avec cette lèvre enflée que m'avait laissée un de tes coups bas. J'ai eu un mal fou à la calmer, y compris au lit… Elle était prête à foncer sur toi avec un de ses talons aiguilles pour te le foutre sur la gueule.

– Ce n'était pas un coup bas, je lui précise.

– Ça, elle ne le savait pas, me répond-il en souriant.

– Je parie que tu as eu beaucoup de mal à la tenir tranquille. Pas trop pénible ?

Cette fois, il ricane dans sa barbe :

– Ce n'est jamais une contrainte de calmer les ardeurs de ma Juliette…

Effectivement, avec sa libraire à la langue acerbe qui porte souvent des petites jupes droites, des chemisiers de soie et des stilettos de douze centimètres, je doute que la calmer soit vraiment une punition. Sa femme est le fantasme de la libraire un peu coquine devenu réalité avec, en prime, une paire de lunettes cerclées de noir et des lèvres bien charnues qu'elle aime souvent souligner d'un rouge très vif. Holly, que Tank aime appeler Juliette alors qu'elle l'appelle Roméo, est tellement extravagante qu'elle s'est fait graver, au fer rouge sur le dos, le nom de route de son mec, le jour où lui s'est fait graver Holly sur sa poitrine. Ils sont vraiment faits l'un pour l'autre. Les deux ont pas mal de problèmes dans leurs têtes et, chaque jour que Dieu fait, je remercie le Ciel de cette rencontre qui leur a permis d'y faire face ensemble.

– On se verra plus tard.

On se fait un check au moment où je tape sur l'épaule de Rex qui vient d'entrer.

– Salut, beau gosse. Content de te voir. Je pensais que tu serais resté au lit. Tu étais très occupé avec ta femme hier soir.

– Ah ! mon frère… ne m'en parle pas, il me répond tout en bâillant, mon chaton est une sacrée sauvage. Une vraie renarde en chaleur quand elle a bu. J'ai dû m'y reprendre à trois fois la nuit dernière. Elle a fini par s'endormir quand j'étais encore en elle pour la quatrième fois ! T'imagine ! Là, j'ai enfin pu laisser tomber et fermer un peu les yeux. Après sa nuit d'alcool et de sexe, à mon avis, elle ne va pas se réveiller avant l'heure du déjeuner. Moi, j'ai besoin de reprendre des forces si je veux réussir à mettre cette femme enceinte.

J'ai un petit pincement au cœur en l'entendant. Moi aussi, j'ai envie de ça. Une famille. Une femme dans mon lit que j'ai besoin de baiser comme un dingue pour l'endormir après ses soirées arrosées. M'occuper de mes propres enfants. Tout ça.

– Elle n'est pas encore enceinte ? je lui demande.

– Nan… mais je peux te dire que c'est vraiment génial d'essayer.

Il me répond, le visage ébahi, quand son portable sonne. Je le quitte en lui donnant une tape sur l'épaule et vais retrouver Tammy. Quand j'arrive, elle arrête sa machine et bondit sur le côté du tapis :

– Et après, coach ? elle me demande d'un air provocateur.

– Mais putain ! Qu'est-ce qui se passe encore ? hurle Rex tellement fort que tout le monde reste figé sur place.

En attrapant Tammy par la main, je m'approche de mon frère tout en jetant un coup d'œil dans la salle qui est vide, à part nous. Je veux juste m'assurer qu'aucun danger immédiat ne nous menace alentour. Apparemment, rien.

Tank a déjà rejoint Rex qui vient de mettre son portable sur haut-parleur.

– Merde et re-merde, Rex ! Ils viennent d'emmener Jay et M'an aux urgences ! Ça sent pas bon. Pas bon du tout ! crie Whip en bredouillant dans l'appareil.

M'an, c'est Mags, bien entendu, la chérie de Riot, la femme de notre président.

– Tank, Champ et Tammy sont avec moi. Et toi, tu es où ? demande sèchement Rex.

– *Les Trois rivières*, mon vieux.

C'est l'hôpital.

– Bouge pas. On est là dans dix minutes. Et Riot, il est avec qui ?

– Il est en route. Je n'arrive pas à joindre Shay, mon frère. Je suis paniqué à l'idée qu'elle ait pu être enlevée. En même temps, je ne peux pas laisser M'an toute seule. On leur a tiré dessus !

– Quoi ! On leur a tiré dessus ?

Je manque m'étouffer en entendant ce que nous dit Whip, qui continue :

– Tu penses… c'est Shay que j'ai appelée en premier.

– Putain de bordel ! Je vais aller la chercher et je vous rejoins, lui répond Rex qui se dirige déjà vers la porte.

Je retourne la pancarte qui pend derrière la vitre de la porte et je ferme la salle de gym aussi vite que possible. Je demande à Tammy de vite rejoindre ma bike, elle met son casque sans dire un mot et saute sur la place arrière. Comme l'avait dit Rex, dix minutes plus tard, on est à l'hôpital.

Nous traversons quelques couloirs, et notre frère Bones nous rejoint devant l'USI[11]. Riot est déjà là, pâle comme un linge. Whip, debout

---

11 Unité de soins intensifs.

au milieu de la pièce, tient sa femme Anya dans les bras tandis que leur fille est assise sur les genoux de Holly dans un fauteuil. Tank, qui vient juste d'arriver derrière nous, va se mettre tout de suite à côté de sa femme.

– Bones, les dernières nouvelles, vite !

On entend une colère incontrôlable vibrer dans chaque mot que prononce Riot.

Debout à côté de lui, je sens le corps de Tammy qui s'appuie contre mon dos. Sa présence soulage mes craintes et m'aide à concentrer mon attention sur ce que Bones nous dit :

– Mags, ça va aller. Elle a été touchée à l'épaule. Des égratignures et des bleus sur ses bras, ses mains et son dos prouvent qu'elle s'est battue contre quelqu'un. Ils sont en train de lui retirer la balle, mais comme tout se passe impeccablement en salle d'opération, on pense qu'elle va très bien s'en sortir.

– Y'a intérêt qu'elle s'en sorte bien, c'est moi qui te le dis, Bones. J'espère que tu as fait tout ce qu'il y a de mieux pour elle.

– Mais bien sûr. Sachant parfaitement qui elle est, le patron du service chirurgie a tout de suite proposé ses services.

Riot ravale la boule qu'il a dans la gorge et je vois que ses mains tremblent quand il les passe dans ses cheveux.

– Et Jay ? Si j'ai bien compris, il était avec elle. C'est l'homme que j'ai désigné pour garder un œil sur elle. Elle était juste partie à cette putain d'épicerie. Je rêvais qu'elle me fasse ses célèbres gaufres pomme-caramel avec leur petit côté craquant. Fait chier à la fin. J'allais acheter du champagne. Elle m'avait dit qu'on allait célébrer le fait que Rex et Shay essaient d'avoir un nouvel enfant, tout comme Anya et Shayne qui ont aussi décidé d'en avoir un autre.

J'entends soudain Shay qui sanglote derrière nous. Je n'avais même pas remarqué qu'elle était là. Il est pourtant logique qu'elle soit arrivée ici avec Rex quelques minutes plus tôt que nous, vu qu'ils habitent tout près de l'hôpital.

– Je te comprends, bébé. Mais ne t'inquiète pas, ta maman va s'en remettre, dit Rex qui essaie de rassurer sa femme en la tenant serrée dans ses bras. Ce n'est pas ça qui va abattre notre Mags, tu le sais. C'est elle la plus battante de nous tous.

Shay renifle tout en prenant ses jumeaux par la main. Whip se dirige vers elle et attrape sa sœur par le bras avant de la faire asseoir avec les petits dans un fauteuil à côté de sa femme.

Bones de son côté pose une main sur l'épaule de Riot et se rapproche de lui :

– Je sais ce que tu ressens, mon frère, Sois patient. Respire un grand coup. Elle va s'en sortir. Je t'emmène en salle de réveil dès que je peux.

– Et Jay ? je demande, me grattant la gorge en prononçant le nom de l'aspirant.

Le pauvre… il était sur le point de se faire marquer. On avait prévu de faire ça pour son prochain anniversaire. Après avoir été un aspirant modèle pendant deux ans, il méritait bien la fête qu'on voulait lui offrir, une fête qu'il n'aurait jamais oubliée.

– Ça se présente moins bien, me répond Bones en soupirant. Il a pris deux balles dans la poitrine. On ne peut pas se prononcer tant qu'il n'est pas sorti du bloc.

– Bordel de merde… mais, putain, qu'est-ce qui s'est passé ? grogne Tank alors que le shérif fait son entrée.

Il a sa tête des mauvais jours.

– Shérif…

Il lève une main et ouvre son bloc-notes en nous annonçant :

– J'ai reçu un appel du *Stop and Go* qui se trouve juste à l'angle de Main Street et de Spring Street. C'est là qu'ont été tirés les coups de feu. Un témoin raconte que deux motos ont roulé jusqu'à la Mustang rouge qui était à l'arrêt au feu. Il y avait deux hommes sur l'une et un seul sur l'autre. Les trois étaient habillés en noir de la tête aux pieds et leurs visages étaient cachés. Ils ont tiré à travers la vitre arrière de la voiture. Le témoin a entendu un cri. Ensuite l'un d'eux a réussi à extraire une femme du siège conducteur. Côté passager, un homme est sorti en se précipitant sur l'un des assaillants. L'assaillant a ensuite tiré deux balles dans la poitrine dudit passager qui, lui, s'est alors effondré au sol.

– Mon Dieu, Jay ! s'écrie Holly.

Tank quitte notre petit groupe, soulève sa femme et se rassied sur le fauteuil en la prenant sur ses genoux. Elle se met immédiatement en boule et s'effondre en larmes dans le creux de son cou.

Le shérif poursuit sa lecture et nous raconte le reste de l'histoire, sachant qu'on ne va pas le laisser tranquille tant qu'il ne nous aura pas dit tout ce qu'il sait :

– Encore, d'après le témoin, on a violenté la femme qui est tombée sur les fesses avec un pistolet pointé sur sa tempe.

– Je vais tous les tuer de mes propres mains, jure Riot dans sa barbe.

Et le shérif de continuer :

– Par la suite, deux des assaillants sont remontés sur leurs motos. Le troisième a essayé de voler la voiture de la femme qui, apparemment, a pu se relever et se jeter sur le type. Elle l'a roué de coups et l'a griffé en hurlant tout ce qu'elle savait.

– Putain de Mags chérie ! Elle a failli se faire buter en se comportant en héroïne, ajoute Riot, admiratif, en se croisant les doigts derrière la tête.

– Toujours selon le témoin, il a cogné son dos plusieurs fois contre la carrosserie de la voiture, ce qui a obligé la femme à lâcher prise. Une nouvelle fois, elle est tombée à terre. C'est à ce moment-là que celui qui avait pris le volant a fait usage de son arme. La femme s'est effondrée sur l'asphalte ; le type, lui, est remonté dans la voiture et a filé pleins gaz, suivi des deux autres à moto.

– Ce n'est pas possible. Ils s'en prennent à ma pauvre reine, hurle Riot si fort que je sens Tammy trembler dans mon dos.

Je me retourne et lui passe un bras autour des épaules tout en la serrant contre moi.

– Cette fois, on a besoin de passer à la vitesse supérieure sur cette opération, annonce-t-elle à voix basse.

Seuls Riot, Bones, le shérif et moi-même pouvons entendre ce qu'elle vient de dire.

– C'est bien ce que je pense, Hamilton.

En utilisant son nom de famille, il me rappelle que c'est elle la cible qui a été mise en place pour attirer ces cinglés qui viennent juste de voler la voiture et de tirer sur la chérie de notre président. Pour nous, la femme la plus intouchable entre toutes. Sans compter qu'ils viennent aussi de tirer deux balles sur l'un de nos aspirants.

– Maintenant, quel plan adopter ? demande-t-elle en se glissant devant moi.

S'imagine-t-elle un instant qu'elle va me servir de bouclier, et non l'inverse ?

J'ai l'impression que ma jolie petite policière et moi-même avons besoin d'une conversation sérieuse. Il est en effet hors de question que je la laisse prendre des risques pour résoudre cette affaire. Un but qu'elle s'est fixé, je le sais.

D'une façon ou d'une autre, c'est non.

Avoir goûté une seule fois à ses lèvres est loin d'être assez. J'ai le projet de revenir boire à ce puits bien plus souvent et je n'ai aucune intention de le voir se tarir.

Ça, jamais.

Les plans vont changer, c'est sûr.

# Chapitre 4

## Tammy

Un quart d'heure après être arrivés à l'hôpital, à peine avons-nous eu le temps de prendre connaissance des dernières infos sur notre affaire qu'un vrai troupeau d'hommes en cuir clouté et de nanas à bikers envahit déjà la salle d'attente et les couloirs. On attend tous des nouvelles de Magdalene O'Donnell et de l'aspirant Jay Rifton.

Je me suis réfugiée dans un coin, blottie contre Champ, occupée à jouer mon rôle de chérie. Ce qui n'est pas vraiment difficile vu que, moi aussi, je suis préoccupée par l'état de Mag et de Jay. Je trouve que c'est une femme formidable et j'ai beaucoup apprécié le moment que j'ai partagé avec elle et sa fille hier soir.

Mon Dieu… quand j'y pense… hier soir seulement.

Pourtant, je sais mieux que personne comment on peut passer d'une soirée géniale à un matin de merde plus vite qu'il ne faut pour verser une tasse de café.

*– Tiens, voilà ton café, chéri.*

*C'est ce que j'ai dit à Clint en posant sa tasse fumante devant lui. La veille au soir, il m'avait emmenée dîner dehors avant d'aller en boîte. En rentrant, nous avions continué au champagne et aux chandelles. Je savais qu'il était désolé de ce qui s'était passé la semaine précédente. Il avait tout fait pour se faire pardonner depuis.*

*Je m'étais contentée de lui répondre par un petit murmure, trop occupée à préparer les œufs au bacon et à faire des toasts.*

*– C'est une nouvelle marque ? m'a-t-il demandé en en buvant une gorgée, debout derrière moi.*

*Je n'avais même pas remarqué qu'il s'était levé. Il avait tellement l'habitude de rester assis à lire son journal en attendant que je mette le petit déjeuner sur la table et que je lui resserve une tasse.*

*Ne sachant plus très bien, un peu hésitante, j'ai fait un léger :*

*– Hum...*

*– Hum ? C'est une nouvelle marque, oui ou non ? Hum, ça n'est pas une réponse, Tammy.*

*À ce moment-là, il a pointé deux doigts vers moi avant de les appuyer très fort contre mon front.*

*– Tu ne pourrais pas faire marcher un peu ton cerveau ? Ah, pardon, tu n'en as pas, c'est ça ? C'est pour cette raison que tu es devenue une simple adjointe, parce que tu n'étais pas assez intelligente pour rentrer dans le milieu des affaires ?*

*Il se moquait ouvertement de moi.*

*– Chéri, je suis désolée. Je ne m'en souvenais pas. Oui, c'est une nouvelle marque.*

*Je me rappelle m'être humecté les lèvres et avoir essayé de faire de mon mieux pour ne pas le mettre plus en colère.*

*– Je crois qu'il reste un peu de l'autre, je peux t'en faire, si tu veux.*

*Je sais que ma voix n'était plus très assurée quand je lui ai fait cette proposition.*

*L'air furieux, il a levé sa tasse et a jeté son café brûlant sur ma poitrine.*

*J'ai poussé un cri tout en écartant le tissu chaud de ma peau. J'allais attraper un torchon, mais Clint m'a arrêtée dans mon élan en m'attrapant par le cou.*

*– Ne t'avise plus jamais de changer mes habitudes, tu m'entends, salope ? Contente-toi de faire ce que je te dis et achète ce que j'aime quand tu fais les courses. S'ils n'ont plus mes marques favorites, je m'en fous, débrouille-toi pour en trouver. Tu bouges ton cul de paresseuse dans une autre boutique et tu m'en achètes. C'est compris ?*

*Plus il appuyait sur ma glotte, plus je faisais oui de la tête :*

*– Tu me fais mal, je lui ai dit en attrapant son poignet.*

*– Non, c'est toi qui me fais mal en ne fournissant pas à ton mari ce dont il a besoin, comme une femme modèle. Tu penses sans doute que tu es différente des autres, hein Tammy ? Des comme toi, ça court les rues. Je peux te remplacer n'importe quand, juste en claquant dans mes doigts.*

*Il a même fait le geste et le bruit qui m'a alors fait sursauter. Lui, il souriait, l'air béat, trop heureux de me voir en panique, honteuse.*

*– Rappelle-toi à qui tu appartiens, Tammy. À n'importe quel moment, je peux demander à un de mes ouvriers de faire un truc qui pourrait détruire ta carrière.*

*Il a fini par desserrer sa prise en faisant traîner ses doigts sur ma tenue de nuit toute mouillée :*

*– Nettoie-moi tout ça, tu ne ressembles à rien.*

*Je me rappelle que j'étais tellement furieuse que je n'ai pas pu rester silencieuse très longtemps. À peine avait-il tourné les talons pour s'en aller que je lui ai répondu quelque chose qui, je le savais, allait toucher son orgueil :*

*– Si on se souvient de moi comme d'une mauvaise policière, on va te regarder comme l'horrible mec qui se sera marié avec elle. Très mauvais pour ton image. À mon avis, ton père pourrait même te renier ! Sans compter ce que les autres pourraient dire derrière ton dos !*

*Je ne pouvais pas le provoquer davantage.*

*En un éclair, il s'est retourné, les poings fermés, et m'a donné un grand coup dans le ventre. Je n'ai même pas vu le coup arriver, mais j'ai eu tellement mal que je n'arrivais plus à respirer. Je me suis affalée sur le plan de travail avant de m'écrouler par terre. Il a ensuite soulevé ma tête en m'attrapant par les cheveux, ce qui m'a fait encore horriblement mal.*

*Plus je criais fort, plus il tirait dessus.*

*– Ça t'apprendra ! La prochaine fois, tu réfléchiras à deux fois avant de me répondre. Ou alors, tu n'auras que ce que tu mérites. Tu fais tout pour me contrarier. J'ai compris ton petit jeu, tu sais ! Tu aimes ça, hein ? Me pousser à bout pour me foutre en rogne. Allez, va te changer, nettoie-moi tout ce bordel. Et ne t'avise pas de faire un saut au boulot, je passerai voir si tu es bien à la maison. Ce soir, pour dîner, je veux un steak, du gratin de patates et des légumes frais… préparé comme je les aime. Montre-moi que tu es capable de t'occuper de ton homme et peut-être, je dis bien peut-être, après, je m'occuperai encore de toi comme je l'ai fait hier soir, humm ?*

*Il a tiré encore plus fort sur mes cheveux et j'ai gémi de douleur…*

*– Tu m'as bien compris ?*

*Trop dépassée par la situation, je n'ai pu qu'acquiescer.*

*Il tirait tellement fort sur mes cheveux que je me suis mise à pleurer. Je détestais pleurer quand il me violentait ainsi. Pour une raison que j'ignorais, j'avais l'impression que cela lui procurait un certain plaisir. La preuve, quand il a vu mes larmes, il s'est mis à sourire :*

*– Parfait, je vois que tu as compris.*

*Une expression de cruauté lui tordait les lèvres. Ces mêmes lèvres qui, la nuit précédente, avaient pourtant su se faire agréables et douces, provocatrices et généreuses.*

*Finalement, je m'en souviens, Clint avait fini par me laisser par terre, couverte de café, avec un cuir chevelu qui me faisait horriblement mal et des tripes en bouillie qui rendaient ma respiration difficile.*

Je chasse ces mauvais souvenirs de ma mémoire et me concentre sur ce qui se passe autour de moi. Ce qui est certain, c'est que j'ai appris combien les choses pouvaïent changer du tout au tout en l'espace d'un instant. Rien que d'y penser, j'en tremble encore ; Champ, tout de suite, me serre plus fort contre lui. Une femme chirurgien portant une tenue stérile, avec un bonnet sur les cheveux et un masque pendant autour du cou, fait irruption dans la salle d'attente. Elle est suivie de près par Bones.

– La famille de Magdalene O'Donnell ?

En entendant leur nom, Riot, Whip et Shay se lèvent comme un seul homme. Ils se rapprochent de la femme tandis que le reste de l'assemblée couverte de cuir clouté se lève à son tour dans un silence impressionnant. Le médecin jette un regard étonné autour d'elle :

– Waouh… Quelle famille ! ne peut-elle s'empêcher de s'exclamer. Vous êtes le mari ? ajoute-t-elle en portant son attention sur Riot.

– Ouais, Comment va ma femme ?

– Pas d'inquiétude, elle se porte bien. On vient de l'emmener en salle de réveil. Ses premiers mots ont été : « Allez chercher Riot. » Je suppose que c'est vous ?

Elle nous fait un grand sourire et la tension retombe en une fraction de seconde.

– Ouais.

– La balle est entrée dans son épaule d'une drôle de façon, mais, heureusement, sans faire trop de dégâts. C'est un peu étrange. Votre femme a eu de la chance qu'elle ne rentre pas vraiment dans son corps. Quelques centimètres plus à gauche et elle traversait les tissus, ce qui aurait alors entraîné une blessure beaucoup plus sérieuse.

– Qu'entendez-vous par « c'est un peu étrange » ?

Rex vient de s'approcher en mettant un bras sur les épaules de sa femme. Le médecin recule d'un pas en voyant cette masse s'avancer et regarde tout autour d'elle :

– Je n'en suis pas certaine à cent pour cent, mais on dirait que l'angle de tir a été calculé, choisi avec précaution, comme si on avait fait exprès. La balle est bien rentrée, mais elle s'est tout de suite arrêtée sans faire de sérieux dommages. Votre femme s'en tire avec une belle hémorragie et une immobilité du bras pour quelques semaines, mais elle va pouvoir rentrer à la maison dans deux ou trois jours.

Le type qui a fait ça est donc quelqu'un qui sait se servir d'une arme. Un tireur d'élite ? Peut-être quelqu'un qui a été dans l'armée… Le Hero's Pride aussi a pas mal de frères qui sont doués pour le tir. Et ils ne viennent pas forcément de l'armée : Bones, par exemple, est juste médecin et n'a jamais servi sous les drapeaux. Malgré tout, il faut reconnaître que la majorité des recrues du Pride ont une expérience militaire.

Serait-il possible que ce soit quelqu'un du Hero's Pride qui ait fait ça ?

Rien que d'y penser, cela m'inquiète. Toutes nos recherches parmi les membres du Pride en Oregon se sont révélées infructueuses, mais, après tout, il n'est pas impossible que nous soyons passés à côté de quelque chose sans le voir. Je pense que ça vaut le coup d'en parler au shérif et de creuser encore dans cette voie.

– Et Jay Rifton ?

Tout à coup, la femme chirurgien fait une autre tête.

Merde… Non.

Bones réagit sur-le-champ :

– Laissez-moi m'en occuper, docteur Lowe.

Alors, nous faisant un signe de tête, elle s'éloigne. On la regarde tous partir en retenant notre respiration.

– Riot, mon frère…

La voix de Bones se fait tremblante. Je ferme les yeux. La terrible douleur qui s'abat sur chacun des frères, un à un, devient peu à peu palpable dans la pièce. J'ai un mal fou à ravaler ma salive.

– Il n'a pas survécu. Ils ont fait tout ce qu'ils ont pu, mais l'une des balles lui a perforé l'aorte. Impossible à opérer, il avait déjà perdu trop de sang, mon frère.

Ça alors… le pauvre, il ne s'en est pas tiré.

Cette pensée se met à flotter dans ma tête comme dans un épais brouillard. Champ me prend dans ses bras et me serre très fort. Je pousse un cri sourd ; il vient poser son front dans le creux de mon cou. À mon tour, je le prends dans mes bras, il respire lourdement.

À la vue de tous ces grands costauds qui viennent de recevoir un choc aussi violent qu'un tremblement de terre, c'est plus fort que moi, des larmes me montent aux yeux. Une à une, leurs têtes tombent dans leurs mains… on dirait des dominos : Riot, Whip, Rex, Champ, Hammer, Shadow… et même le vieux Cricket.

Un à un aussi, les hommes prennent la main de leur femme. Même les filles du club que j'ai croisées ici et là, et qui ne sont pas supposées accompagner les chéries, sont présentes et réconfortent ceux qui ne sont pas en couple.

Quel spectacle !

– Mon frère, il va falloir prendre contact avec sa famille, dit Bones doucement.

Riot est immobile comme une statue quand il lui répond une petite phrase qui va changer pour toujours ma façon de voir les bikers :

– Nous sommes sa famille…

– Aucun parent, des frères, des sœurs ? Personne ?

Bones essaie de trouver quelqu'un, mais Riot se contente de faire non de la tête, puis il ajoute :

– C'était un enfant de la rue. Quand on l'a connu, il se nourrissait de ce qu'on lui donnait à la banque alimentaire pour laquelle il travaillait comme volontaire ; il dormait sur un lit de camp dans leurs bureaux. Il n'avait pas de famille. Il avait tout juste dix-huit ans quand il est arrivé par hasard au *O'Donnell*. Il voulait travailler au bar et rejoindre le club. Tout de suite, Mags s'est entichée de lui. Elle m'a dit qu'il lui rappelait notre Shane quand il était encore tout jeune et nous avons décidé de le prendre sous notre aile. On lui a donné une piaule au club-house. Nous sommes les seules personnes qui aient jamais porté un intérêt quelconque à ce garçon.

– Merde ! répond doucement Bones. Si j'avais su, j'aurais passé plus de temps avec lui. J'aurais bien aimé le connaître davantage, ce Jay.

J'aperçois Shay qui sanglote contre son Rex. Il la tient dans ses bras et lui murmure des choses douces dans les cheveux.

Plus loin, c'est Holly, la tête enfouie dans ses mains, qui tremble contre la poitrine de Tank. Lui aussi la tient serrée dans ses bras. Pas un son ne sort de sa bouche, mais je sais ce qu'elle ressent au fond d'elle-même. Jay était devenu très proche d'elle depuis qu'on l'avait attaquée. Plus d'une fois, il s'était porté volontaire pour assurer sa sécurité à la librairie quand elle y travaillait. Apparemment, il se sentait un peu responsable du fait qu'elle ait été violentée alors que, bien sûr, il n'y était pour rien.

– Quand je pense qu'on avait prévu de le marquer le mois prochain pour son anniversaire. Le gamin aurait eu vingt et un ans et n'avait même pas encore un putain de nom de route ! gronde tout bas Riot dans sa barbe, l'air désolé.

C'est alors que le docteur Lowe refait son apparition en entrant par la double porte qui donne sur la salle de réveil :

– Monsieur O'Donnell, je peux vous dire que votre femme est bien réveillée cette fois, elle est même en colère, on n'entend qu'elle. Elle hurle dans toute la pièce qu'elle veut parler à son mari et aussi à une femme qu'elle appelle Petites Fossettes.

Petites Fossettes ? Merde…

Riot se retourne. L'angoisse et la peur qui traversent son regard me vont droit au cœur et me font de la peine. J'essuie les larmes qui coulent encore sur mes joues et lui fais un petit signe.

– Je suppose que c'est moi.

Riot a dû deviner pourquoi Mags voulait me voir parce qu'il me tend une main que j'attrape tout de suite, mais Champ me retient par l'autre ; il ne veut pas me laisser partir. Je lui fais signe que je dois y aller.

– Bébé, ne t'inquiète pas, ça va, je gère. Reste ici avec tes frères, je reviens tout de suite. (Je le regarde droit dans ses yeux sombres et remplis de chagrin en lui serrant fort la main.) Je vais revenir, je te promets.

Il me fait oui de la tête comme s'il était en pilotage automatique.

Quoi qu'elle ait à me dire, j'ai intérêt à me dépêcher et à boucler notre entrevue fissa pour revenir m'occuper de Champ. Non seulement il a l'air malheureux mais je sens des pulsions de meurtre en lui. Le chagrin et la vengeance ne font pas bon ménage et leur combinaison peut s'avérer explosive.

– Pourquoi M'an veut voir Petites Fossettes et pas moi ? demande Shay d'une voix troublée en hoquetant.

– Selon le docteur Lowe, elle a besoin de lui dire quelque chose d'important, et tout de suite, ma chérie, répond Riot en lui caressant la joue.

Peut-être a-t-elle vu un détail qui peut s'avérer utile pour l'enquête. Malin. Même avec un trou dans l'épaule et après s'être fait voler sa voiture, elle veut me parler.

– Monsieur O'Donnell… Mademoiselle ?…

– Tammy, vous pouvez m'appeler Tammy.

Le médecin nous précède et nous montre le chemin. Une nouvelle fois, Riot me prend par la main et nous nous engouffrons derrière la double porte. En traversant le couloir qui suit, j'entends la voix de Mags avant même de la voir :

– Je jure sur toutes les Harley du monde que si vous n'allez pas me chercher mon mari, le président de ce putain de Hero's Pride MC, tout de suite, je vais retirer cette foutue perfusion de mon bras. Vous allez voir, si je ramène ici tous les voyous de frères que je connais, je vous garantis qu'ils vont vous faire passer un sale quart d'heure ! Vous m'entendez ?

– Arrête d'emmerder tout le monde, s'exclame Riot en soulevant le rideau qui l'entoure.

Joli spectacle ! Mags est en train d'engueuler deux grands infirmiers, un doigt vengeur pointé sur eux. À moitié cachée derrière Riot, je ne peux m'empêcher de sourire. Dès qu'elle voit son mari, son visage s'illumine.

– Bébé…

Elle fond en larmes.

– Mag, ma chérie, il répond, la voix étranglée.

Je reste un peu à l'écart pendant que, trop heureux de la retrouver, il l'embrasse d'un baiser passionné qui, au cinéma, serait interdit aux mineurs. Pas de doute, les bikers ne font jamais rien à moitié. Quand ils font quelque chose, ils le font jusqu'au bout.

Après lui avoir murmuré à l'oreille toutes les douceurs qu'un voyou de biker comme lui est capable de dire à sa chérie qui s'est pratiquement fait assassiner, il lui fait la morale :

– Ne t'avise plus de jouer les héroïnes, tu m'entends ? Si tu recommences, je vais te faire les fesses tellement rouges que tu ne pourras plus marcher pendant au moins un mois.

Vu la tête qu'elle fait, ce que vient de lui dire Riot est loin de la calmer :

– Parce que tu crois que je vais laisser quelqu'un tirer sur mon garçon et me piquer ma Stang sans me battre ? Dis-moi, avec qui crois-tu être marié ?

– Putain de bordel, femme, c'est vivante que je te veux ! Les enfants ont besoin de toi. Le club aussi a besoin de toi. Vivante, tu comprends ce que ça veut dire ?

Elle prend son mari par la main du côté de son bras indemne. L'autre est enveloppé dans d'épaisses couches de gaze avec un système pour le maintenir plié en l'air. Portant la main de Riot à sa bouche, elle lui embrasse les doigts.

– J'ai compris, bébé, je te promets de rester vivante. Maintenant, il faut que je vous raconte à tous les deux ce que j'ai vu.

Cette fois, c'est pour moi. Je m'avance donc plus près et, posant une main sur son genou, je lui dis :

– Je suis tellement soulagée de voir que tu vas bien.

– Et Jay ? Comment va mon garçon ? Il m'a semblé entendre d'autres coups de feu.

– On parlera de Jay plus tard, Mag chérie. Qu'est-ce que tu as à dire à Tammy ?

– Mais…

– Plus tard, Mag. Le temps presse…

C'est malin de la part de Riot. La faire parler avant qu'elle s'écroule de douleur est la chose la plus intelligente à faire. Souvent, un témoin oublie tout ce qu'il a vu, entendu ou fait quand il apprend qu'une personne est décédée.

Elle pousse un grand soupir et se relève contre la tête de lit, les yeux tombants et fatigués.

– L'un des assaillants avait un tatouage en forme de serpent coloré sur l'avant-bras. C'était un Blanc ; il avait ses manches relevées jusqu'aux coudes et portait une espèce de bague en argent ornée d'une pierre noire.

– Tu es sûre de ça ? je lui demande.

– Je te signale qu'il avait une arme pointée sur moi. La bague, il la portait à la main qui tenait le revolver, du même côté que le tatouage. Le serpent était bien visible, avec plein de couleurs.

– Excellent, Mags. Voilà qui va beaucoup nous aider.

– Celui qui, au début, m'a sortie de la voiture avait la peau plus sombre. Quand il a parlé, j'ai reconnu une pointe d'accent hispanique. Ses yeux étaient marron foncé.

– Tu n'as rien repéré sur l'autre ?

Elle fait la grimace en essayant de se retourner.

– Si. Je sais que celui qui a tiré sur Jay avait les cheveux longs. Ils débordaient du masque… une queue-de-cheval ?… En tout cas, des cheveux plutôt blonds.

– Une femme peut-être ? je lui demande en essayant d'obtenir plus de détails.

Mags commence à fermer les yeux, Riot lui agite la main :

– Mag chérie ?

Elle les rouvre en clignant des paupières.

– Hum ?

Les produits recommencent à faire leur effet, elle n'arrive plus à rester éveillée. L'adrénaline dépensée à vouloir nous parler finit lentement par avoir raison d'elle.

– Cet assaillant avait-il une allure de femme ? Le blond qui a tiré sur Jay ?

– Impossible, répond-elle en remuant de la tête. Un baraqué. Comme Tank. Très grand. Très costaud. Les mains blanches…

– C'est bon, Mag chérie, dit doucement Riot en lui faisant un petit signe. Dors, maintenant, ma reine, ajoute-t-il en caressant les boucles de ses cheveux. On va s'occuper de ça.

Il se lève, l'embrasse sur la bouche, mais je vois qu'elle s'est déjà endormie.

Riot fait un geste du menton en direction de la porte. Je sors. Quelques secondes plus tard, il est sur mes talons.

– C'est déjà beaucoup d'informations. Je vais tout de suite appeler le shérif et faire rechercher le tatouage dans notre base de données. On va vite savoir combien de criminels blancs ont un serpent coloré qui leur court sur tout l'avant-bras.

– De mon côté, je vais réunir les gars à l'Église. Maintenant que nous tenons quelque chose, tout le monde va pouvoir se remettre sur le coup et appeler les autres clubs pour les informer. En plus, quelqu'un doit bien avoir une petite idée de ce qui est arrivé à cette putain de Mustang rouge. Le moins que l'on puisse dire, c'est que c'est une voiture qui ne passe pas inaperçue.

– Exact.

Porte après porte, nous nous dirigeons vers la salle d'attente.

En chemin, je pose ma main sur le bras de Riot. Il s'arrête un moment et me regarde. Très séduisant, cet homme qui doit avoir la petite cinquantaine a des yeux qui virent au vert et des cheveux grisonnants qui, probablement, ont été un jour de la couleur de ceux de son fils.

– Qu'y a-t-il, Petites Fossettes ?

En pensant à ce que j'ai à dire, je lui fais un joli sourire qui lui donne droit aux deux petits creux qui m'ont valu ce surnom.

– Je suis vraiment désolée pour Jay.

Tout de suite, il ferme les yeux et respire lourdement.

– Moi aussi, tu sais. Il est mort dignement, en essayant de protéger ma femme. La seule personne peut-être qui s'est vraiment intéressée à lui. Je sais qu'il en aurait tiré beaucoup de fierté. Ma femme, en revanche, va être dévastée en apprenant sa mort.

– Elle va avoir besoin d'aide.

Je compatis, sachant combien la mort de mes parents m'a été douloureuse. Jay était comme un fils pour elle. Cette perte va beaucoup l'affecter.

Riot acquiesce.

– Nous formons une grande famille, Tammy. Elle aura autant d'aide que nécessaire autour d'elle. Cependant, je trouverai quelque chose de plus professionnel, le temps venu.

Cette fois, je n'ai qu'un timide sourire à lui offrir en guise de réponse.

Riot m'attire à lui et pose son bras sur mes épaules :

– Laisse-moi te ramener à ton homme. Connaissant Champ comme je le connais, et je le connais bien, il doit probablement être hors de ses gonds à force de nous attendre.

*Ton homme ?*

Même si tout le club pense que Champ est mon homme et donc que je suis sa chérie, ce n'est pas vrai. C'est juste un pieux mensonge.

Pourtant, dans la bouche d'un type comme Riot, ces mots ne m'ont jamais semblé aussi vrais et aussi justes.

En sortant du couloir, il me livre à Champ. Oui, c'est le bon mot, il me livre littéralement dans les bras de son frère. Instantanément, Champ me prend contre lui pour me réconforter alors qu'on aurait plutôt dû faire l'inverse. Après tout, c'est lui qui a perdu un ami et qui a failli perdre une femme dont il est très proche.

– Sortons d'ici, j'ai envie de foutre le camp, murmure-t-il à mon oreille.

Riot lève alors les mains.

– Écoutez-moi, tout le monde ! Prenons la journée pour nous remettre de nos émotions après tout ce qui s'est passé. Demain première heure, Église. On a beaucoup à débattre sur ce qui est arrivé aujourd'hui et sur la façon dont nous allons honorer la mémoire de notre frère.

Je sens les bras de Champ qui me serrent encore plus fort à l'évocation de la perte de Jay. Puis je regarde attentivement Shay, Rex, Whip et sa femme Anya qui écoutent Riot leur parler à voix basse.

– Rentrons à la maison, me dit Champ à l'oreille.

Son haleine chaude et son parfum d'amande s'infiltrent de plus en plus dans ma conscience. Je ne veux rien de plus que me rapprocher de cette odeur et de lui.

La maison…

– Ok, allons-y, rentrons à la maison, je murmure.

Pour la première fois depuis longtemps, je pense vraiment ce que je dis.

# Chapitre 5

## Champ

J'ai des nœuds terribles dans le ventre et j'ai mal partout quand, finalement, je pose mon cul sur le canapé de la maison. Nous avons quitté l'hôpital en silence et roulé jusque chez nous sans que ni l'un ni l'autre ait prononcé un mot.

Jay est mort.

Mon ami.

Mort.

Un frère.

Putain, merde, il n'a même pas eu le temps de devenir un membre officiel du club. Quand je pense qu'on devait le marquer le mois prochain pour ses vingt et un ans ! Voilà deux ans qu'il avait demandé de rentrer au service au club. Il ne bronchait pas quand on lui parlait mal, il nettoyait après chaque fête que l'on a faite, il s'occupait des tâches les plus ingrates. C'est simple, tout ce qu'on lui demandait, il le faisait et, je le jure, il le faisait toujours avec un sourire sur sa jolie frimousse de jeune homme.

Mon Dieu… Jay…

Je me penche en avant, le cœur lourd, un goût amer dans la bouche. Je me sens cafardeux ; après avoir passé machinalement les mains dans mes cheveux, par lassitude, je laisse retomber mes bras sur mes genoux.

– Tiens, Rocky.

Quelqu'un frotte une bouteille froide sur mon épaule. Je lève lentement la tête : j'aperçois la bouteille, le bras qui la tient et, enfin, mon regard se pose sur le plus beau visage triste que j'aie jamais vu.

– Rocky ?

Elle esquisse un léger sourire et me dit :

– Tu m'as dit que les chéries pouvaient appeler leurs mecs comme elles voulaient ? J'ai pensé que ça t'irait bien. Rocky… Champ. Rocky Balboa… Tu détestes ?

Un peu hésitant, je l'attrape par le poignet plutôt que par la main et, sans brusquer, je la fais venir face à moi. Puis je la prends par la taille et pose mon front sur son joli petit ventre plat. Je me laisse un moment pénétrer par la douceur du coton de son sweat et par la chaleur qui le traverse.

J'ai froid, je suis tout engourdi.

Elle se penche et pose les bières sur la table en verre. Moi, je ne bouge pas, je me contente de la retenir. Si je m'accroche à elle, peut-être ne vais-je pas tomber dans le désespoir d'avoir perdu encore un être qui m'était devenu si cher.

Tammy plonge ses mains dans mes cheveux et se met à me gratter gentiment le crâne.

– Parle-moi de lui.

En l'entendant évoquer Jay, mon corps entier se crispe sous l'effet du chagrin et de la douleur qui m'habitent. Je ne peux que l'enlacer complètement et plonger plus fort mon visage contre son ventre en essayant de faire disparaître les images de Jay qui ne cessent de revenir.

Elle continue à me gratter le crâne et ajoute :

– Allez, Champ… parle-moi d'un détail que tu aimais particulièrement chez lui.

Une angoisse terrible pèse comme un poids sur ma poitrine, j'ai l'impression qu'elle empêche mon cœur de battre et que je vais finir par étouffer.

Je fais non de la tête, collé contre son corps, mais elle me prend par les épaules et, lentement, me réinstalle dans le fond du canapé. Elle pose ensuite un genou sur l'assise avant de se mettre à califourchon au-dessus de moi. Elle s'assoit sur mes cuisses, enlève son sweat qu'elle jette sur la table, puis elle me prend par le cou et penche la tête vers moi jusqu'à ce que nous nous retrouvions front contre front.

Tout de suite, je m'accroche à son petit corps. Je ne veux pas le lâcher. Elle renouvelle sa question :

– Allez, dis-moi ce que tu aimais le plus chez ton ami Jay.

Des larmes commencent à me monter aux yeux, j'ai la bouche sèche, j'ai l'impression qu'une râpe me déchire la gorge quand j'essaie d'avaler ma salive.

– Sa loyauté.

Elle acquiesce, mais reste immobile.

– Il aimait le club plus que tout au monde, et surtout Mags !

Ma voix tremble quand je prononce son nom. Je sais tellement combien la disparition de Jay va profondément la bouleverser. Plus encore que toutes les autres épreuves que nous avons pu vivre dernièrement.

– Aucune tâche n'était trop petite ou trop grande pour Jay. Si le club en avait besoin, il faisait tout ce qui était en son pouvoir pour la mener à bien. Il était toujours le premier à se porter volontaire. Ce type était totalement dévoué à la fratrie.

Mes larmes coulent, je n'y peux rien. J'ai du mal à trouver ma respiration, mais Tammy est là et me soutient… je sens que c'est elle qui va me donner la force de continuer.

– Jay avait demandé « Bouclier » comme nom de route. Il disait que cela rappellerait sa position de protecteur des chéries et des filles du club. Nous savons tous aussi que c'est surtout Mags qu'il voulait protéger parce qu'elle a toujours été comme une mère pour lui. Elle le traitait comme son propre enfant. Elle le nourrissait quand il avait faim, elle lui achetait des vêtements quand il en avait besoin, elle a même veillé à ce qu'il obtienne son brevet. Merde !… C'est trop injuste !

C'est plus fort que moi, je n'arrive pas à m'arrêter de pleurer. Sans rien dire, Tammy se relève légèrement et se contente d'essuyer mes larmes. À ce moment-là, je m'aperçois qu'elle aussi a de grosses larmes qui lui coulent sur les joues.

– Riot m'a dit que Jay était un enfant de la rue.

– Ouais, je sais. Je l'ai aidé à se muscler à la salle, ce qui fait que nous avons pas mal parlé tous les deux. Il était bon avec les chiffres, il a donc aussi fait un peu de compta pour moi. J'espérais même qu'on pourrait lui donner des responsabilités dans la nouvelle salle qu'on va probablement ouvrir. Il était fou de joie à cette idée.

– Effectivement, d'après ce que tu dis, il avait l'air d'être un type bien, avec en plus un avenir prometteur, me répond Tammy d'une voix douce et compréhensive.

– Quand je pense qu'ils l'ont descendu comme un moins-que-rien…

– Derek, bébé, ne dis pas ça. On va les retrouver, ces mecs, et ils vont payer pour ce qu'ils ont fait.

Je renifle, les yeux toujours remplis de larmes et le cœur encore lourd :

– Ah ça, oui. Ils vont payer, crois-moi.

Ce ne sont pas des paroles en l'air, c'est une promesse que je fais ; je veux voir la tête de ces salauds rouler par terre.

Elle me regarde un peu inquiète et me prévient :

– Attention, Champ. Tu ne peux pas faire ce que tu veux, tu as besoin de l'aide de la police pour arriver à tes fins.

Sans rien dire, je plonge mon regard dans le sien. Pour le moment, je ne lui ai jamais menti, mais lui dire que je ne vais pas m'occuper de ces ordures de voyous moi-même serait faux.

– Tu me promets ? me demande-t-elle, très concernée.

– Impossible, patron.

– Si, tu dois me le promettre, insiste-t-elle en me secouant les épaules.

– Tu ne peux pas me demander une chose pareille, ils ont tué mon frère ! Il n'était encore qu'un gamin, bordel ! Ils ont tiré sur Mags, ils auraient pu la tuer elle aussi. Ils ont enfermé la petite Shayna dans un placard après l'avoir bâillonnée, ne l'oublie pas. Ils ont violenté Anya, vandalisé le magasin de Shay, sans oublier les deux ados qu'ils ont blessés. Ils ont quasiment violé Holly, je te rappelle !

Sans m'en rendre compte, je l'attrape vigoureusement par les bras et la secoue comme un prunier pour bien lui faire comprendre ce que je lui dis.

– Bas les pattes, s'il te plaît !

Elle a l'air furieuse. Soudain, sa voix devient blanche. À l'évidence, elle ne plaisante pas. En la dévisageant, je vois que ses jolis yeux noisette sont devenus bien sombres. Ils sont même très sombres. Me voilà inquiet :

– Tammy…

– J'ai dit : Bas les pattes !

Sa voix est tellement ferme et glacée que je la lâche immédiatement. Elle se relève d'un bond et s'éloigne dans la pièce, l'air horrifiée.

– Voyons, je ne vais pas te faire de mal. Tu le sais très bien, jamais je ne te ferai de mal, je réponds doucement en espérant qu'elle comprenne.

Elle prend de grandes bouffées d'air, ses narines palpitent et elle se met à caresser ses bras. Je m'aperçois que je lui ai fait deux grosses traces rouges là où je la tenais. Mon Dieu… sincèrement, je ne pensais pas l'avoir serrée si fort !

– Je… je t'ai fait des marques, je lui dis d'une voix hésitante.

Je me sens tout à coup mal à l'aise et coupable.

Elle regarde ses bras, puis, d'un air de défi, elle me fait un signe du menton en ajoutant :

– Ça va aller.

Cette fois, je suis très gêné. Je passe les mains dans mes cheveux pour me donner une contenance ; c'est vrai, je lui tenais les bras trop fort et je l'ai secouée avec violence en essayant de lui faire comprendre ce que je disais.

– Je t'ai fait des marques.

Je vois qu'elle tremble et, qu'à nouveau, ses yeux se remplissent de larmes. Mais pas pour les mêmes raisons que tout à l'heure.

*Mais enfin, Derek Layton, qu'est-ce qui t'a pris de faire un truc pareil ?*

– Je t'ai fait peur, c'est ça ?

Je me sens tellement honteux, je ne sais plus où me mettre... je l'entends hoqueter et son visage est plein de larmes. Je ferme les yeux et, d'une voix mal assurée, je lui dis :

– Mon Dieu... qu'est-ce que j'ai, qu'est-ce qui se passe ? Bébé, je me sens tellement mal. Tammy, je suis désolé... vraiment.

Les yeux toujours fermés, je reste un bon moment prostré à m'apitoyer sur mon sort quand, soudain, je sens ses doigts passer dans mes cheveux. À nouveau, elle me pousse dans le fond du canapé et revient s'installer sur mes jambes. Puis elle prend mon visage au creux de ses mains ; je rouvre les yeux et m'aperçois que, si les siens sont toujours pleins de larmes, la noirceur qui les traversait tout à l'heure a maintenant disparu.

– Désolé, j'ai un peu surréagi, admet-elle. Tu sais, mon instinct de protection est en alerte maximale. Il ne faut d'ailleurs pas qu'on l'oublie, ni l'un ni l'autre.

– Tu as raison.

Doucement, elle se penche vers moi et pose ses lèvres sur les miennes. Elles sont à la fois douces et souples, mais surtout, elles ont le goût un peu salé de ses larmes.

Maintenant, j'en veux davantage.

Je l'enveloppe doucement de mes bras avant d'approfondir le baiser en prenant sa bouche dans un empressement plein d'un désir brûlant. Je l'attrape par la nuque, je l'aspire pour mieux la goûter et faire entrer dans ma mémoire cette intimité qu'elle m'abandonne. Elle gémit, plaquée contre moi, je mordille légèrement ses lèvres, puis je les adoucis avec de tout petits coups de langue. C'est cotonneux et doux comme du satin.

Au bout d'un moment, ayant besoin de reprendre ma respiration, je relève la tête. Elle vient poser sa joue sur la mienne et ma bouche se retrouve tout près de son oreille. Alors, je lui murmure :

– Plus jamais je ne te ferai mal, plus jamais je ne te ferai peur comme ça, bébé, je te le jure.

C'est plus qu'une promesse, c'est un serment sur l'honneur que je lui fais.

– Maintenant, je te crois, mais sur le moment...

Serrée contre moi, je sens qu'elle en tremble encore.

Je relâche mon étreinte, prends son visage dans mes mains et déclare :

– J'ai besoin de toi, ma Tammy. J'ai besoin de toi tout entière. Et je crois que, toi aussi, tu as besoin de moi.

En lui disant ça, je formule clairement ce que j'attends d'elle et, comme à mon habitude, je n'y vais pas par quatre chemins :

– Il est temps de calmer ma douleur, de la chasser de mon esprit et de me noyer en toi pour tout oublier.

– Derek… elle murmure dans un souffle avant de frotter doucement ses lèvres contre les miennes. Emmène-moi dans ta chambre.

Elle chuchote si près de ma bouche que non seulement je peux entendre et ressentir ses mots mais, en plus, je peux les goûter.

Elle n'a pas besoin d'en dire plus.

* * *

Je la soulève du canapé. Tout de suite, elle m'enlace la taille avec ses jambes.

On ne s'embrasse pas.

On ne se dit rien.

On se regarde juste les yeux dans les yeux.

En fait, non… on regarde nos âmes.

Pour un couple normal, on pourrait prendre ça pour une marque de gentillesse et d'amour. En revanche, pour Tammy et moi, sachant ce que je viens de lui faire vivre, nos regards ne sont qu'un échange de douleur.

Pendant ce bref instant où j'ai plongé mes yeux en elle, j'ai vu qu'elle m'a demandé de prendre sa peine et je sais qu'elle a pris la mienne.

Je la dépose sur le lit en le tenant toujours par la taille. Elle a gardé ses bras autour de mon cou.

– Tammy, j'aimerais que tu sois nue devant moi, totalement nue, corps et âme. Ouvre chaque placard, chaque porte, chaque fenêtre des endroits les plus sombres où se cache ta peine au fond de toi. Je veux que tu me la donnes. Si je te fais l'amour, à partir de maintenant, sache que j'en prends possession. Cette peur va devenir mienne, comme tu deviens à moi. Ce n'est pas une arnaque que je te propose, c'est l'histoire de toi et moi qui allons devenir un seul et même être. Point barre.

Elle a l'air soudain toute pensive pendant que, doucement, elle me caresse en commençant par l'arrière de ma tête, puis elle descend sur mes épaules, continue sur mes biceps et glisse jusqu'à mes mains ou elle vient croiser mes doigts pour être sûre de me retenir près d'elle.

– Et toi ? Que vas-tu me donner en retour ?

– Moi, je lui réponds sans détour. Prends tout de moi. Je te donnerai le putain de monde sur un plateau d'argent si tu veux, bébé. Si tu me le demandes, il sera à toi. Tout ce que je suis, et tout ce que je vais devenir, doit désormais t'appartenir. À toi, pour nous. Tout pour construire une vie avec toi. Et je sais que cette vie commence ici et maintenant. Faisons-nous cette promesse : donne-toi à moi et, je t'en fais le serment, je me donnerai à toi. Sans conditions. Alors, il n'y aura plus que nous, Tammy et Derek. Tu veux bien ?

– J'ai peur… me dit-elle dans un souffle.

– Laisse-toi venir à moi et plus jamais tu n'auras peur.

Elle ferme alors les yeux et me serre les mains pendant des minutes qui me paraissent une éternité. Je lui laisse tout le temps dont elle a besoin en espérant qu'elle fasse le bon choix. Si je veux décrocher le gros lot, je dois lui donner du temps pour réfléchir, et je sais être patient quand il le faut.

Quand finalement elle rouvre les yeux, elle laisse tomber mes mains et relève les siennes vers l'attache au milieu son joli petit soutien-gorge de sport. Elle l'ouvre et le laisse tomber par terre.

Sa poitrine est magnifique.

Je fais bien attention de garder les poings fermés pour être sûr de ne pas céder à la tentation d'attraper ces délicieux bouts de chair trop vite.

Toujours sans dire un mot, elle attrape son pantalon de gym et le fait descendre jusqu'à ses hanches. Elle se lève ensuite et s'en débarrasse en le jetant plus loin. Là voilà maintenant complètement nue.

J'ai beau essayer de garder mes yeux sur son beau visage, c'est impossible. Je suis aussi fasciné par ses grandes mèches de cheveux blonds que par ses yeux superbes. Je prends autant de plaisir à regarder la ligne pure de ses épaules que le dessin parfait des globes que forment ses deux seins appétissants. En descendant sur son ventre, j'arrive avec délice sur le galbe souple de ses hanches puis sur les muscles bien dessinés de ses cuisses et de ses mollets. Enfin, tout en bas, j'apprécie la délicatesse de ses chevilles et le détail de ses doigts de pied colorés en rose pâle.

– Tu es tout simplement parfaite. De loin la plus belle femme que j'aie vue. Mon Dieu, comme j'ai hâte de poser ma bouche partout sur toi !

Alors que je tente de m'approcher, elle lève une main pour m'empêcher d'aller plus loin.

– Mets-toi nu devant moi. Je suis prête à me donner à toi, maintenant, c'est à ton tour. Normal, n'est-ce pas ? On est partenaires à égalité. On partage tout ou on ne partage rien.

C'est clair, elle pose ses conditions.

Je commence par lui faire un large sourire, puis je lève lentement les bras ; j'enlève ma chemise que je passe par-dessus ma tête avant de la jeter par terre. Ensuite, je lève les genoux et défais lacets et boucles de mes grosses godasses. Calmement, l'une après l'autre, avant de retirer mes chaussettes. Je la regarde droit dans les yeux quand je commence à déboutonner mon jean. Contrairement à moi, elle regarde effrontément chaque petit bout de chair que je découvre et en profite ouvertement.

– Tu aimes ce que tu vois, patron ?

Elle me regarde d'un air très intéressé, mais me fait malgré tout un signe légèrement dédaigneux en pointant son menton dans ma direction avant de déclarer :

– Continue, je te dirai plus tard.

Elle est trop géniale.

Ma femme.

Destinée à être bientôt ma chérie.

Je termine de défaire les boutons et attrape mon jean par la taille avant de le faire glisser jusqu'à mes chevilles. Vient alors le tour de mon caleçon, et c'est fini.

Enfin libérée, ma queue se tient bien droite et fière, prête à l'action.

– Putain de bordel ! elle s'écrie en la prenant dans ses mains.

– Je vais te faire jouir la première.

Un peu surprise, elle ouvre de grands yeux, mais, sans perdre de temps, je me précipite sur elle en écrasant ma bouche contre la sienne. Tout de suite, elle se met à gémir en relevant ses jambes avant de les frotter contre ma puissante musculature. Des gouttes perlent déjà sur mon gland en laissant une traînée glissante le long de son ventre. Elle commence à me branler et dessine des petits cercles avec son pouce en étalant mon liquide séminal au bout de ma queue.

Je grogne de plaisir en me relevant légèrement et pose mes mains sur son cul plein de promesses. Pendant ce temps, elle me regarde droit dans les yeux et prend son pouce humide dans la bouche en me montrant effrontément comment elle le suce avec délice. Puis elle passe lentement sa langue sur ses lèvres en faisant des petits « hum… », avant de lécher complètement son doigt.

– Oh bébé, tu vas le payer très cher si tu continues à me provoquer comme ça.

Elle me fait un grand sourire et ne trouve rien de mieux que de mordiller son pouce en me montrant ses belles dents blanches. C'est clair, elle continue de me provoquer :

– Payer oui, mais en orgasmes, j'espère.

– Putain de merde… tu vas t'en prendre un max ! (Je la soulève dans mes bras et la retourne sur le lit.) Tu as de la chance que je ne sorte pas mes cordes et que je ne t'attache pas avant de te torturer jusqu'à ce que tu me supplies d'arrêter.

Tout à coup, c'est comme un feu qui s'allume dans ses yeux. Un feu qui, pour le moins, me surprend.

– Putain, en plus tu aimes ça ? je lui demande en me relevant au bout du lit.

En guise de réponse, elle se contente de lever les bras contre la tête de lit comme s'ils étaient déjà attachés. Puis elle écarte les jambes devant moi en me montrant tout ce qu'elle a.

Bien ouverte… et complètement nue.

Je reste un moment immobile à la regarder en m'enivrant de cette odeur entêtante de musc qui se répand dans l'air. En fixant ses lèvres entrouvertes et le cœur de son entrejambe, je peux voir qu'elle devient de plus en plus humide. Elle dessine lascivement devant moi des cercles avec ses hanches ; on dirait un matador qui agite sa cape rouge devant son toro pour exciter la bête. Bien sûr, dans ce petit scénario, c'est moi la bête.

– La prochaine fois, je te montrerai qui est le patron. Pour l'instant, je vais te montrer que je sais me contrôler.

Cette fois, je n'en peux plus. Je me jette sur la fête qui m'attend et pose les mains sur ses cuisses grandes ouvertes. Elle s'accroche comme une folle aux barres en bois de la tête de lit et j'écrase goulûment ma bouche contre sa chatte.

Elle se met à gémir très fort dès que j'enfonce ma langue loin en elle pour la goûter pleinement. Cette femme est chaude et parfumée comme un excellent bourbon.

Si elle continue à pousser des petits cris de plaisir, elle commence à faire des mouvements circulaires des hanches pour essayer d'en prendre davantage. On dirait qu'elle essaie de me prouver qu'elle peut le faire. Comme je constate qu'elle en est tout à fait capable, la prochaine fois, je saurai la récompenser comme il le faut. Je l'accrocherai solidement au lit et pourrai ainsi la torturer, comme je l'ai dit, jusqu'à ce qu'elle me supplie d'arrêter.

Le fantasme fait son petit bout chemin dans ma tête pendant que je continue à lui bouffer la chatte ; très excitée, elle commence à pousser de vrais cris à mesure que son plaisir grandit. Quand je la sens prête pour son premier orgasme, je referme ses cuisses l'une contre l'autre et j'en profite pour venir m'allonger. Je suis maintenant à l'aise pour travailler son clito avec ma langue tout en frottant ma queue sur ses jambes.

Elle perd peu à peu le contrôle de la situation et retient fermement ma tête collée contre elle pendant que je mordille cette partie si sensible de son sexe. Cette fois, elle se met à crier très fort. Elle hurle en gigotant dans tous les sens contre moi, mais je continue mes coups de langue, plus vite, plus fort. Elle me chevauche littéralement le visage et je vois des gouttes de sueur perler sur tout son corps.

– Je ne peux pas… je ne peux pas me retenir, arrive-t-elle à me dire entre soupirs et gémissements.

Pendant que je continue, sans marquer un seul temps d'arrêt, à faire tourner ma langue, à la lécher et à la sucer, on la croirait en pilotage automatique, elle est comme une machine qui ne peut pas s'arrêter de remuer les hanches. Ses muscles du ventre ressortent en dessinant quatre petits carrés de sueur brillante. La tentation est trop forte. À regret, je quitte son entrejambe, je l'attrape par les hanches et viens lécher ses petits abdos, tellement je suis amoureux de chaque détail de son superbe corps.

Je rampe partout sur elle ; elle finit par rouvrir les jambes et, lentement, je glisse au milieu.

– J'ai des capotes, bébé, mais j'ai envie de te prendre sans rien.

Je fais alors courir doucement ma langue sur sa peau humide depuis son ventre en passant au milieu de ses seins pour arriver jusqu'à sa bouche où je lui donne enfin un long baiser.

Au bout d'un moment, je relève la tête pour la regarder :

– Moi, ça va, me dit-elle. Je me suis fait tester après avoir quitté Clint. Tu sais, j'ai porté un stérilet pendant deux ans. Et toi ? C'est bon ?

– Je n'ai jamais pris une femme sans préservatif, bébé. En plus, j'ai fait un check-up il n'y a pas si longtemps, juste avant ton arrivée. Je suis négatif partout.

Elle ne peut s'empêcher de faire un petit sourire en coin avant de me demander, les yeux mi-clos :

– Avais-tu une arrière-pensée, par hasard ?

– Je n'avais pas oublié notre première rencontre. Sachant que tu allais venir séjourner chez moi, j'espérais bien te mettre dans mon lit… je me suis donc préparé. Et je suis putain de content de l'avoir fait !

– Moi aussi, ajoute-t-elle en se relevant pour me donner un gentil baiser. Tu sais drôlement bien t'y prendre avec les femmes.

– Je sais bien m'y prendre avec « ma » femme, tu veux dire, ma chérie si tu préfères. D'ailleurs, maintenant, je vais faire l'amour avec elle.

Je pose une main sur un de ses seins et donne des petits coups sur son téton jusqu'à ce qu'elle se mette à respirer par à-coups.

– Je m'occuperai de ceux-là pendant le deuxième round. Pour le moment, j'ai envie d'être en toi.

Sans attendre, elle soulève ses jambes, les écarte et, tout en me retenant par une main, elle positionne mon gland bien au milieu de sa fente.

– Alors vas-y, fais-moi l'amour.

Je frotte légèrement mon front contre le sien et je la pénètre.

C'est chaud, serré, glissant.

Le nirvana absolu. Un plaisir fou m'envahit le cerveau et se propage instantanément à ma queue bien dure, entièrement gainée par le sexe de ma chérie.

Je sens son cou et tout son dos qui se contractent sous l'effet de la pénétration, et elle se met à pousser de superbes soupirs qui me remplissent d'une joie immense.

– Bébé, nous sommes parfaits ensemble, je murmure près de sa bouche.

– Oh que oui... me répond-elle, visiblement heureuse.

Doucement, je me retire et, lentement, je rentre en elle à nouveau, là où je me sens chez moi. C'est si doux, c'est tout à moi... c'est ma Tammy.

À mon tour, je gémis en l'attrapant délicatement par les épaules ; je pose mes lèvres sur les siennes et prends sa bouche avec autant de plaisir que j'ai pris sa chatte.

À chaque coup de reins, elle pousse un petit cri, comme si c'était la première fois qu'un homme la remplissait.

– Relax, bébé. Je te prends.

– Et moi aussi, je te prends, me répond-elle d'une voix pleine d'émotion.

Aussi ému qu'elle, je regarde l'expression de son visage en vérifiant l'effet de mes mouvements.

– J'adore que tu aies l'air surprise chaque fois que je te pénètre. On dirait que tu n'arrives pas à y croire. C'est tellement beau, bébé, tellement fort. Je veux te voir dans cet état à chaque fois que je vais te prendre pour le reste de ma putain de vie.

Après lui avoir dit ça, je commence à accélérer le rythme tout en l'intensifiant.

Tout de suite, elle met ses bras et ses jambes autour de moi pour me signifier que c'est maintenant elle qui veut me prendre plus fort. Peu à peu, j'ai l'impression qu'elle nous isole du monde extérieur, c'est comme franchir un nouveau pas avec la femme que je veux faire mienne pour l'éternité.

– Jamais, je n'ai vécu un truc pareil, Derek, éprouve-t-elle le besoin de m'avouer.

Soudain, je me sens comme un roi qui aurait vaincu un million de soldats en réclamant son royaume.

Plus je lui fais l'amour, plus elle devient sauvage. Son corps fait des mouvements de va-et-vient en parfaite synchronisation avec le mien. On dirait une mélodie rythmée que nous chantons à deux.

Plus je la baise intensément, plus je vois son visage passer du plaisir à la douleur. Elle lève maintenant une jambe pour que je puisse la pénétrer plus loin. Elle pousse d'abord un cri, puis se met à gémir d'extase ; je comprends que, dépassant vite un inconfort passager, son plaisir se démultiplie. Ses yeux s'écarquillent, son corps se raidit ; enfin, elle me regarde avec une telle intensité que, jamais au grand jamais, je ne vais plus pouvoir me passer de la beauté d'être si intimement connecté avec cette femme.

– Tammy… je grogne tout bas.

Une incroyable sensation de chaleur m'envahit le dos et, courant le long de ma colonne vertébrale, vient irradier entre mes jambes. Elle me remplit les couilles en les soulevant dans mes bourses ; ma queue est tellement dure que j'en serre les dents.

– Vas-y, Tammy, jouis ! je grogne à son oreille.

Tout en bougeant la tête, elle me répond :

– Pas encore, non, non… je ne suis pas prête. C'est trop.

– Jouis ! je répète en lui mordillant les lèvres.

Je donne un grand coup de reins :

– Maintenant ! je lui demande.

Une nouvelle fois, elle me fait non de la tête.

Je redonne deux grands coups de reins :

– Allez, lâche-toi !

– Euh… Euh… Euh…

Elle bredouille quelques mots inintelligibles tout en gémissant de plus en plus. La sueur coule partout sur son visage, ses yeux se révulsent.

– Regarde-moi !

Appuyant mes deux genoux contre le matelas, je n'arrête pas de la baiser de plus en plus fort. Elle finit par ouvrir les yeux. Ils sont d'un vert intense qui ferait presque peur.

– S'il te plaît ! me supplie-t-elle.

Elle a beau me supplier, au fond de moi, je sais qu'elle n'a aucune idée de ce qu'elle me demande. Mais j'ai la réponse. Elle a besoin de se laisser aller et de complètement s'abandonner à moi.

– Donne tes craintes, tes peurs et tes douleurs à ton homme. Donne-les-moi ! Et maintenant, jouis !

N'en pouvant plus, je l'attrape par la nuque, colle ma bouche sur la sienne, la plaque bien contre le lit et, dans un dernier coup de reins, je plante ma queue aussi profond que je peux. Je lâche alors tout ce que j'ai en elle en avalant ses hurlements qui me remplissent la bouche.

Tant bien que mal, quelques instants après, j'arrive à me relever pour la laisser reprendre sa respiration. Je vois des larmes couler sur ses joues.

Des larmes purifiantes.

Des larmes réparatrices.

– Enfin, tu t'es totalement livrée à moi, je lui dis en les essuyant. Merci, bébé. Je vais pouvoir maintenant prendre soin de tout ce qui te tracasse.

Elle pleure encore. Patiemment, une à une, j'essuie les larmes sur son joli visage avant de caresser ses lèvres enflées de baisers.

– Ma chérie à moi. Tu es douce comme un bonbon.

Elle sourit timidement :

– Non, ce n'est pas vrai. Je ne suis pas douce.

– Mais si, bébé, moi je te le dis.

– Non.

– Je le sais, je viens de te goûter. J'ai passé ma bouche partout sur ce corps magnifique. Je t'ai léché la chatte pendant si longtemps que je pourrais faire un test à l'aveugle et reconnaître sans hésiter le goût de celle de ma chérie. Elle est à la fois tellement douce et parfumée.

– Un test à l'aveugle ? Là, tu n'es pas sérieux, Champ.

Je roule sur moi-même en perdant le contact qui nous unissait mais en gagnant le poids de son corps qui s'étale maintenant sur le mien. Elle s'installe, les mains à plat sur ma poitrine avec son menton posé dessus.

– C'était intense, ce qu'on vient de vivre, dit-elle à voix basse.

– Ça l'est toujours quand on se laisse vraiment aller, je réponds en passant une main dans ses cheveux.

– Tu es vraiment un amant incroyable.

Je ricane doucement :

– Oui, je sais.

Elle donne une petite tape sur ma poitrine :

– Arrête ! Tu étais supposé me dire « merci » ou me retourner un petit compliment ! Éventuellement…

Je prends un air étonné :

– Ah bon ? Mais qu'est-ce que tu as fait, à part rester allongée et te faire baiser comme une reine ?

En entendant ce que je viens de lui dire, elle en reste bouche bée.

– Là, je t'en bouche un coin, n'est-ce pas ? Je suis bon quand je veux, hein ?

Et, bien sûr, j'éclate de rire.

– La prochaine fois, je vais prendre les commandes, me répond-elle en faisant la grimace.

Je fais non de la tête :

– Nan… la prochaine fois, je t'attache.

Une vague révolte traverse ses yeux.

– Sérieusement, Tammy, combien de fois tu viens de jouir ?

Elle regarde le plafond en tapant un doigt sur sa tête. Elle fait la sotte :

– Euh… me rappelle pas…

Cette fois, au lieu de lui répondre, je me contente de hausser les épaules.

– Allez… maintenant, j'ai besoin de te nourrir, de prendre une douche et je t'emmerde ! Bien que… je garde précieusement les cordes dans un coin pour m'en servir le jour venu. Je tiens à être en possession de tous mes moyens quand je vais t'attacher.

Tammy fait semblant de trembler dans mes bras ; une fois encore, je hausse les épaules :

– Allez ouste ! Embrasse ton homme et installe-toi dans la cuisine. Je vais te faire un sandwich.

Une lueur d'envie lui éclaire le regard :

– Dinde et gruyère ?

– Pas cette fois. Rosbif provolone réchauffé au jus, aujourd'hui.

Elle se contente d'acquiescer en faisant un petit bruit de gorge. Et c'est tout.

Je fais semblant de ronchonner et d'être offusqué :

– Putain… tu ne manques pas d'air ! Je viens de te baiser, tu as tellement joui que tu ne dois sans doute même pas te rappeler combien de fois, et tu as l'air bien plus intéressée par l'idée de manger un sandwich que par l'idée d'attaquer un deuxième round ? J'ai l'impression qu'il va falloir que je fasse une sérieuse mise à jour de mes petits jeux, moi.

Elle se relève sur le lit en faisant balancer ses jolis seins :

– Si tu mets à jour tes petits jeux, non seulement je ne risque pas de grossir mais tu vas finir par démolir mon vagin.

– Ça vaudrait peut-être le coup d'essayer, pourquoi pas ? je lui réponds avec un grand sourire.

Elle me pousse d'un coup sec, se met vite debout, attrape mon tee-shirt dans la foulée et l'enfile comme s'il était à elle. Il lui tombe à mi-cuisses, mais cela ne change pas un iota à son côté sexy.

– Allez, va me faire un sandwich.

– Je ferais tout pour faire plaisir à ma chérie.

Tammy me gratifie d'un sourire d'enfer avant de disparaître dans la salle de bains.

– Faire plaisir à ma chérie, je me répète à voix basse.

Soudain, je me rends compte qu'aujourd'hui a été à la fois le jour le plus triste et l'un des plus heureux de ma vie.

J'ai perdu un frère, mais j'ai gagné une chérie.

# CHAPITRE 6

# Tammy

Je me réveille en entendant le bruit d'un blender qui tourne. Sans ouvrir les yeux, je vérifie si mon corps est toujours en un seul morceau avant de m'étirer en faisant un grand T. Je finis par regarder mes pieds en poussant un soupir de désolation.

Mes cuisses me font mal.

Mes épaules me font mal.

Mon dos me fait mal.

Mon minou est encore très sensible et, malgré tout, je sens qu'il en réclame davantage.

Je ne peux m'empêcher de lâcher un grognement quand je me retourne en attrapant l'oreiller de Derek. En même temps, c'est si bon de se blottir contre son odeur d'homme mélangée à cette touche d'amande qui me trouble tellement. Au moment où je me rends compte que les draps sont tout froissés autour de moi, j'entends des pas lourds qui frappent le plancher ; c'est lui qui rentre dans la chambre.

Je lui fais un petit « humm » bouche fermée, mais je reste confortablement blottie dans le lit sans même ouvrir les yeux. Je sens la main large et bien chaude de Derek se poser sur ma hanche :

– Patron, tu fais toujours la grasse matinée ?

En fait, non, je suis plutôt une lève-tôt ; je suis du genre à me lever avec le jour, mais depuis que je suis ici, les choses ont sensiblement changé.

Je finis par ouvrir un œil et, premier cadeau de la journée, je vois le visage souriant de Champ qui me regarde. Sa barbe un peu trop longue mérite d'être taillée et ses cheveux en bataille me donnent envie d'y passer la main, et pourtant… comme ça, tel qu'il est, je le trouve tellement beau ! Je ne peux m'empêcher de laisser traîner mes yeux sur son torse et de m'en lécher les babines à chaque détail que je vois.

Ce mec a un corps tout simplement incroyable.

Il est si large qu'on pourrait en mettre deux comme moi dans ses bras et il pourrait encore nous étreindre sans problème ! Ses pecs ont l'air sculptés dans de la brique. Sa peau, d'une belle couleur olive, est recouverte de quelques poils bruns sur sa poitrine, avec une jolie traînée qui lui descend sur le ventre. Traînée avec laquelle j'aimerais faire plus ample connaissance. Allongeant le bras, je fais doucement descendre un doigt dessus, jusqu'au moment où j'arrive à la ceinture de son pantalon de jogging.

Pantalon de jogging ?

Merde !

Cette fois, je pousse un vrai soupir en apercevant la mixture verte qu'il est en train de boire avec un plaisir évident. Ce qui veut dire que, si je me retourne, je suis certaine qu'il y a sur la table de nuit un verre rempli de la même mixture qui m'attend. Ce qui veut dire également qu'il attend que je me lève pour aller à la salle.

– Il est temps de se lever, Petites Fossettes, il faut que je m'occupe de toi.

Dès que je me relève en faisant glisser les draps, tout de suite son regard s'allume en détaillant ma nudité. Il ne peut plus quitter ma poitrine des yeux. Ce qui est plutôt amusant, vu que j'ai toujours fait partie du club des nanas aux tout petits seins. Visiblement, ce n'est pas du tout un problème pour Champ. À en croire le temps considérable qu'il a passé à me rendre dingue en les suçant, en les mordillant et en les excitant avec insistance, il a beaucoup apprécié ce que j'avais à lui offrir la nuit dernière. Il a même réussi à me faire jouir rien qu'en s'occupant de mes tétons ! Une première pour moi et, j'espère, pas la dernière.

– Quand tu dis « il faut que je m'occupe de toi », dois-je comprendre que tu ne fais pas référence à mes orgasmes mais plutôt aux poids que tu vas me faire soulever ?

Ce que je viens de dire l'amuse beaucoup :

– J'apprécie ta question à sa juste valeur, bébé, mais, franchement, hier soir tu as pris tout ce que j'avais jusqu'à la dernière goutte.

En entendant ça, je le regarde d'un petit air supérieur et nous éclatons de rire.

– Tu sais, je n'ai pas baisé comme ça depuis très longtemps, me précise-il. Pour un homme de trente-quatre ans, cinq fois en une nuit, ça commence à compter. Même pour un biker. J'ai besoin de refaire le plein. Deux bonnes heures à la gym et j'aurai l'endurance nécessaire pour attaquer la nuit prochaine.

Avançant sa main, il vient me titiller un téton qui se met tout de suite à durcir.

– Comment se portent-ils, ces deux-là ?

Je me mords les lèvres pour éviter de gémir sous l'effet de ses doigts.

– Hum... j'aime la façon dont tu réagis à mes caresses, mais on a pas mal de trucs à faire aujourd'hui. Ah, et avec ce qui est arrivé à Mags et Jay hier, je t'interdis de t'éloigner de moi, tu m'entends ? Ce qui veut dire que tu vas maintenant bouger ton petit cul et t'habiller. Tu vas boire tes protéines et nous allons à la salle pour faire ce que j'ai à faire. Toi, tu vas continuer ton programme. J'ai aussi Église à dix heures, n'oublie pas.

Un peu surprise, je lui demande :

– Je croyais que Riot avait dit Église à la première heure.

– T'inquiète, les bikers ne font rien avant dix heures. Tu sais, bébé, beaucoup d'entre nous ont une vie agitée. On a besoin de se refaire après nos nuits de bringue. Vu ce qui a dû se passer hier soir au club, il va sans doute falloir frapper aux portes pour en réveiller quelques-uns. J'imagine qu'après les événements d'hier, les frères ont dû s'oublier dans l'alcool.

– Et tu n'as pas partagé ce moment avec eux, uniquement pour rester ici avec moi ? je lui demande, légèrement attristée.

Champ prend tout de suite mon visage dans ses mains.

– Ne t'en fais pas. J'étais exactement là où j'avais besoin d'être, c'est-à-dire avec toi, à prendre mes repères avec ma chérie.

*Allons bon, voilà qu'il reparle de chérie...*

– Justement, il faudrait peut-être qu'on en parle, Derek, je lui dis en prenant une grande bouffée d'air. Tout n'est pas aussi simple que tu as l'air de le croire. Entre Clint et ses attaches familiales, mon histoire avec lui et le fait que je ne suis pas encore divorcée... sans compter que, si ce boulot que j'ai pour l'instant dans les services du shérif du comté n'est pas renouvelé, je n'ai nulle part où aller. Mon avenir est donc incertain.

Il pose son verre sur la table de nuit où je remarque qu'il y a bien un smoothie qui m'attend, et met ses deux mains sur mes hanches. Nous voilà face à face, tout proches l'un de l'autre :

– Je croyais que ce qu'on avait dit hier soir était entendu. Ta place est ici, avec moi. On rendra ça plus officiel quand tu te seras donnée à moi et que je me serai donné à toi. Le reste n'est que détails. Chaque chose en son temps. Pour le moment, notre préoccupation première est d'arrêter ces salauds et de leur faire payer cher ce qu'ils ont fait à Jay et à nos chéries. Tu me suis ?

Même s'ils ne sont pas aussi foncés que ses cheveux, ses yeux sont d'un superbe marron, pas très loin de la couleur d'un bon café américain. Ils brillent, magnifiquement en contraste avec sa peau olive.

En lui caressant la joue, la longueur de sa barbe me chatouille la peau :

– C'est vrai que j'ai envie d'être avec toi…

C'est vrai. Et c'est sans doute l'un des aveux les plus sincères que je peux lui faire, mais le lui dire est aussi un grand risque que je prends.

– C'est tout ce qui compte, ajoute-t-il.

– Peut-être, mais tout ça est tellement rapide !

Il passe une main le long des barreaux de la tête de lit avant de la poser sur ma nuque :

– Toi, tu es vraiment une nana à biker, me dit-il en insistant sur le mot biker.

– Biker ?

Il se contente d'acquiescer sans rien dire.

– C'est ça. Tu dis biker et je suis supposée prendre ça pour argent comptant ?

– Ben… ouais. Tu commences à connaître les bikers, que je sache. Tu as passé suffisamment de temps avec eux. Tu as déjà vu un biker réclamer une femme comme sa chérie pour ensuite reprendre sa parole en estimant que sa demande était précipitée ?

Je repense à la mission de reconnaissance que j'ai faite dans les Hero's Pride de Californie et aussi à ce que j'ai vu et vécu ici depuis que je suis arrivée :

– Euh… pas vraiment.

– Non. La réponse est non, Tammy, affirme-t-il en haussant les épaules. Quand un biker tombe amoureux, précisément, il ne « tombe » pas, il attrape, il s'empare de la femme qu'il a choisie et il ne la laisse plus repartir. C'est ça, la « réclamer » !

– Et que se passe-t-il si elle ne veut pas être réclamée, comme tu dis ?

Champ me regarde sans l'ombre d'une trace d'humour dans les yeux, son visage est impassible comme le marbre. Il ne bronche pas, son corps est à l'arrêt, je vois cependant qu'il serre des dents comme un malade. Pire, son regard devient sombre. Je ne l'ai jamais vu dans cet état depuis que je le connais.

– Serais-tu en train de me dire que tu ne veux pas que je te réclame ? grogne-t-il.

– Hum…

– Tu vas la cracher ta Valda, patron ? Parce que si tu as décidé de faire semblant et de m'embrouiller avec des mensonges, je suis tout ouïe.

– Tss… là, tu y vas un peu fort.

– Qu'est-ce que tu essaies de me dire, alors ? Ce n'était pas te réclamer, ce qui s'est passé cette nuit ? me demande-t-il, énervé, en me secouant la nuque.

Nos visages se rapprochent peu à peu. Nous sommes bientôt à la distance d'un baiser.

– Écoute…

Oui, je l'ai réclamé dans l'abandon qui fut le mien cette nuit et nous le savons parfaitement tous les deux. Cela va même plus loin. L'envie de le réclamer va au-delà de tout ce que j'ai voulu dans ma vie jusqu'à présent.

– Regarde-moi bien en face et ose me dire que tu ne veux pas de moi, me demande-t-il, l'air presque anxieux.

Du coup, je le fixe droit dans les yeux. Mon regard noisette se perd dans le sien, d'un marron superbe et brillant. Cette fois, je me lâche vraiment :

– On dirait que tu me forces à tomber amoureuse de toi.

Mon ton accusateur est à la fois sévère et plein d'émotion. Je sens que je suis en train de perdre la réputation de flic autoritaire qui est la mienne. Ma réponse le rassure, son expression se radoucit :

– À la bonne heure ! s'exclame-t-il. Tu sais, je suis tombé amoureux de toi à la seconde où tu es entrée dans cet hôpital, quand, il y a quelque temps, tu t'étais proposée de servir d'appât pour aider le club. Crois-moi, je t'ai bien regardée : une certaine rigidité dans la tenue, le courage qui se lisait sur ton beau visage et cette voix sensuelle qui demandait aux types qui étaient là de faire attention à ce que tu leur disais… en un instant, j'étais perdu. Je suis tombé sous le charme du flic qui savait ce qu'elle voulait avec cette voix décidée, son corps de rêve et ce cœur tendre comme je n'en avais jamais rencontré.

En collant mon front contre le sien, un seul son timide et éraillé sort de ma gorge :

– Derek…

– On a tout intérêt à surfer sur la vague des sentiments qui nous animent et à l'utiliser pour se serrer les coudes. Des obstacles nous attendent, mais toi et moi, on a besoin de rester forts pour tenir le cap jusqu'à la fin.

Toute tremblante en entendant ces paroles, j'enlace ses larges épaules et lui demande :

– Justement, dis-moi, que va-t-il arriver à la fin ?

– La vie. Moi, toi, la route qui s'ouvre devant. À nous d'attraper la part de ce que Dieu offre aux hommes. Faire des enfants, participer aux fêtes du club, élever notre progéniture avec la grande famille du Pride. Partager un même lit chaque nuit. Faire une infinie variété de sandwichs, rien que pour ma femme. Des déconnes qui finissent en orgasmes dans un amour de dingue. C'est ça, la vie d'une chérie de biker. Et moi, ton homme, poursuit-il en montrant du doigt sa poitrine, je vais vivre et travailler pour t'offrir tout ça. La seule chose que tu as à faire, c'est de t'y accrocher. Fais ce voyage avec moi jusqu'au bout. Peux-tu t'engager à mes côtés ? Peux-tu le faire non seulement pour moi mais, surtout, pour nous deux ?

Cette fois, j'ai la gorge sèche, mon cœur bat si fort que j'ai l'impression de l'entendre frapper dans ma poitrine :

– C'est une bien belle image que tu dépeins...

– Non, ce n'est pas une image, c'est juste comme ça que les choses vont arriver, bébé. Toi et moi, heureux. Vivant notre vie, tout simplement. Le reste n'est que foutaise. Garder le cap sur ce que nous avons à construire. Sur ce qui nous est arrivé la nuit dernière. Sur ce que nous avons déjà partagé cette semaine. Tout ça, on va le vivre encore, mais mieux et plus fort si on sait faire grandir les sentiments et la connexion que nous partageons. Maintenant, je te repose la question : es-tu avec moi ?

Je me laisse entièrement guider par l'instinct qui m'anime en souhaitant de tout mon cœur que cela va me conduire vers le bonheur que j'ai toujours désiré :

– Je suis avec toi, Derek.

– Très bien. Inutile de reparler d'une impossibilité de vie commune. Je ne veux même plus y penser. Ce qu'il faut faire, c'est aller de l'avant et régler cette histoire du club, ensuite on pourra s'occuper de toi. De ton connard d'ex, de ton divorce et de ta situation professionnelle. On réglera tout ça le moment venu.

J'essaie de cacher mon anxiété et ferme les poings pour qu'il ne s'aperçoive pas que je tremble en pensant à tout ça :

– Tout a l'air si simple quand tu en parles.

Il pose une main sur ma tête et m'embrasse le front :

– Tu sais, on n'a rien sans rien. La vie m'a appris qu'il fallait se battre pour obtenir ce qu'on veut. Ne jamais dire que c'est trop dur d'essayer. Au contraire, c'est encore mieux. La récompense n'en est que meilleure quand tu t'es battu pour obtenir un résultat.

– Et, dans le cas qui nous intéresse, c'est quoi la récompense ?

Il me fait un grand sourire et, soudain, son visage s'éclaire de mille feux :

– Mais toi, bébé. Tu es la récompense des difficultés à franchir pour arriver de l'autre côté de l'arc-en-ciel qui m'intéresse. Il faut juste que j'arrive à casser la gueule à quelques horribles connards de bikers et à me débarrasser d'un ex-mari encombrant pour que le tas d'or, en l'occurrence toi, soit à moi pour l'éternité.

– Si je comprends bien, tu me compares au trésor qui, selon la légende, se trouve au pied d'un arc-en-ciel…

Là, je ne peux pas m'empêcher d'éclater de rire.

Il m'attrape par le poignet et se lève en m'entraînant avec lui. Une fois debout, je pose mon visage contre sa poitrine toute douce. Je l'enlace et le serre contre moi.

– Et voilà, tu recommences… je lui dis sur un ton de reproche à peine déguisé.

Son corps est pris de soubresauts tellement il rigole :

– À faire quoi ?

– À me forcer à tomber amoureuse de toi.

– Parfait. Ça veut dire que je fais bien mon boulot.

Il me serre rapidement contre lui et me donne une tape sur les fesses avant d'ajouter :

– Allez, habille-toi et bois ton smoothie, tu vas en avoir besoin.

– Au fait, qu'est-ce qu'il y a dedans ?

J'attrape le verre et en bois quelques gorgées. Il y a sûrement de la banane et des fruits rouges là-dedans, mais je préfère ne pas trop regarder ce que je bois, parce que l'aspect verdâtre du breuvage me dégoûte carrément.

– Tu veux vraiment savoir ?

Il a son air coquin des grands jours en me tendant ma tenue de gym. Celle-là est plus confortable que la première que j'avais mise, surtout pour retenir son attention.

– Hum… pas vraiment.

– Tant mieux. Je vais me brosser les dents et nous prendre quelques bouteilles d'eau.

– Ok.

J'enfile mon pantalon de jogging en pensant que j'aurais bien aimé qu'il me donne un peu de temps pour prendre une douche. Tout mon corps doit sentir l'odeur de Champ… après tout, c'est peut-être lui qui veut ça. Le voyou.

– J'aurais le temps de prendre une douche à la gym ?

– Nan… au club-house quand je serai à l'Église.

– D'accord, mais j'ai faim. Tu n'aurais pas un toast ? je braille en mettant mon débardeur.

– Attends. Pour le moment, habille-toi. Tu pourras grignoter quelque chose dans la voiture. Bois ton smoothie ! hurle-t-il, caché quelque part dans la maison.

Et il ose m'appeler patron, je me dis, légèrement offusquée.

Malgré tout, j'attrape mon verre et, les yeux fermés, je descends l'affreux mélange santé qu'il m'a préparé. Il faut vraiment que je sois accrochée à celui qui me fait boire ces horribles smoothies alors que je suis définitivement la fille qui adore ses œufs au bacon pour son petit déjeuner.

Hum… rien que d'y penser, j'ai faim, je pense en moi-même.

Je me lèche inutilement les lèvres en reposant mon verre sur la table de nuit et m'assois sur le lit pour enfiler mes chaussettes et mes baskets.

* * *

Derek me fait bosser comme une dingue à la gym. Après une nuit de sexe intense et sauvage, quelques heures seulement de vrai sommeil et plus d'une heure d'exercices à soulever des poids, mes cuisses, mes abdos et mes bras me font un mal de chien au moment où nous grimpons les escaliers du club-house.

Dès que nous entrons, un brouhaha terrible nous surprend.

Partout, on entend dans la pièce des rugissements terribles de lions prêts à se battre ; une bouteille de bière s'écrase contre le mur de la grande salle de jeux et se brise. Le liquide mousseux coule contre le mur et des débris de verre s'éparpillent sur le sol en petites taches brunes ; c'est simple, on dirait des confettis.

Au milieu, le visage déformé par une colère sans nom, les narines palpitantes, les mâchoires serrées et les poings fermés, Riot s'époumone comme un forcené.

Tout de suite, Derek me met derrière lui.

– Mais qu'est-ce qui se passe, ici ? se demande-t-il en s'approchant du président.

En comparaison, sa voix paraît calme et presque douce.

Accroupi à côté de Riot, on aperçoit son fils Shane, « Whip » O'Donnell, la tête enfouie dans ses mains. Il n'arrête pas de la balancer de droite à gauche. Oh, non !… je pense en moi-même, pourvu qu'il ne soit encore rien arrivé à Mags ! Cette fois, le club n'y survivrait pas.

– On a retrouvé la voiture de ma femme, nous annonce Riot d'une voix pincée en postillonnant.

Derek lève une main en l'air pour calmer l'assemblée. Les frères continuent à faire les cent pas dans tous les sens en regardant le plancher, se croisent les bras et marmonnent dans leurs barbes.

– Ok, bonne nouvelle, c'est très bien, Prez. On peut partir de là, suggère Champ.

– Le shérif a appelé. Il m'a dit qu'ils l'ont totalement vandalisée. Il y a deux trucs selon lui qui paraissent clairs et nous donnent des indices sur qui s'obstine à nous faire chier.

– Formidable, répond Derek.

Je me tiens toujours derrière lui, les mains posées sur son dos. À moitié cachée par sa puissante charpente, j'en profite pour observer ce qui se passe.

– Oui et non. Ce sont encore des messages que ces connards nous ont laissés.

Whip se relève soudain, les yeux pleins de larmes :

– Tout est de ma faute, hurle-t-il en regardant l'assemblée. Jay est mort et c'est de ma putain de faute !

On a l'impression que les chiens de l'enfer aboient à travers ses cordes vocales et qu'ils vont les briser.

– Allez, ça suffit les conneries, Prez. C'est quoi ces messages ?

– Calmos, mec ! ajoute Tank en mettant la main sur l'épaule de Derek.

– Arrête ! répond-il, énervé, en se débarrassant de la main de son frère d'un geste sec. Whip s'enferme dans sa culpabilité, Riot balance ses bouteilles de bière sur les murs et personne ne dit rien ?

En l'entendant, le président se passe une main sur la figure en glissant sur sa barbe. Il ferme les yeux et respire un grand coup. Puis il attrape son fils par le cou et le plaque contre sa poitrine en lui donnant de grandes tapes dans le dos :

– Ce n'est pas de ta faute. Pour soulager ta conscience, ne t'inquiète pas, tu as fait ce que tu avais à faire. Cachés derrière notre scénario, on a trop attendu pour agir et on a payé cher.

– Nos femmes n'auraient pas dû payer le prix fort ! Ma fille, ma mère ! Et Jay qui est mort ! Et tout ça pour quoi ? Parce qu'une traînée de rien du tout n'a pas pu s'empêcher de foutre ses mains sales sur la coke d'un autre club ! Merde, à la fin !

Il hurle, tape du pied et se précipite vers la porte de sortie.

Riot s'adresse au frère Shadow qui, je le sais, a travaillé comme free-lance à la CIA :

– Tu vas le chercher tout de suite, on ne doit le laisser seul sous aucun prétexte.

Sitôt dit, sitôt fait.

Il s'envole derrière Whip.

– Maintenant que je commence à comprendre quelques trucs, tu pourrais peut-être t'expliquer devant tout le monde, insiste Derek.

À ce moment-là, c'est Rex, le vice-président, qui prend la parole à son tour. Posant une main sur la nuque de son beau-père, il nous regarde tous. Moi, j'enlace mon homme pour non seulement lui prouver ma solidarité mais aussi pour le rassurer, comme je pense que le ferait n'importe quelle chérie.

– La Stang a été retrouvée, abandonnée sur une bande d'arrêt d'urgence près de Mont Ashland, à quarante-cinq minutes d'ici. Toutes les vitres ont disparu, la carrosserie en a pris un bon coup, mais ce n'est pas ce qui a mis le club en pétard. En fait, sur les deux côtés de la voiture, on a tagué des messages à la bombe. L'un dit : « Ramenez-nous la marchandise, sinon plus de morts. » L'autre, c'est : « Livrez-nous la fille. » En plus, en majuscules, on a écrit : « Jess ».

– Merde alors ! ne peut s'empêcher de lâcher Derek dans un souffle.

– Qui est cette Jess ? je demande, surprise de ne pas encore avoir entendu parler de cette fille.

Malgré le topo complet que m'ont fait le shérif et tous les hommes et femmes impliqués dans le club que j'ai pu rencontrer, je ne connais pas cette femme.

– C'est la mère de Shayna, m'apprend Tank.

– Mais je croyais que c'était Anya la mère de Shayna ?

En cherchant dans ma mémoire, je me souviens parfaitement d'Anya me présentant Shayna comme sa fille.

– Elle dit qu'elle est sa fille, et c'est vrai qu'elle l'a adoptée depuis qu'elle et Whip se sont mariés. Il y a déjà quelques années, Jess était une fille de club avec qui Whip a couché. Elle est tombée enceinte quand il était sur le point de partir à l'armée. Elle n'a rien dit à personne et s'est barrée du club. Après avoir accouché, elle a pris sa fille qui venait de naître et l'a laissée dans les bras de Riot en disant que Whip était son père. Tu penses qu'on a vérifié en demandant à Shay de faire un test sanguin, vu que Whip et elle sont jumeaux. Il s'est avéré que l'enfant était bien de lui. Riot et Mags se sont, bien entendu, occupés de Shayna jusqu'au moment où Whip a pu quitter l'armée, quelques mois plus tard. Ça fait maintenant des années que Jess a disparu.

– Ok. Mais en quoi cette histoire peut valoir au club une telle punition ?

Tank se croise les mains derrière la tête et s'arrête là. Derek prend la relève :

– Jess est revenue dans les parages il y a quelques mois en disant qu'elle était poursuivie par les Devil's Riders.

*Tiens, tiens, les Devil's Riders.*

– Non, pas eux ! je m'écrie.

Ce club de bikers est bien connu des forces de l'ordre pour abriter les pires mecs qui soient. Ils commencent par tuer et finissent toujours par se faire acquitter. Tous les services de police de l'Est à l'Ouest cherchent à démolir ce club, mais, que je sache, pas autant que le service des stupéfiants. Les Devil's Riders sont connus pour protéger le transport et la distribution de produits illicites des cartels vénézuéliens aussi bien que mexicains.

– Et vous êtes en train de me dire que Whip a aidé ces types ?

– Non, bébé, me répond Derek en remuant la tête. Il a juste aidé la mère de son enfant en lui donnant deux ou trois mille dollars pour foutre le camp de la ville. Il voulait lui donner une chance de leur échapper.

– Elle leur a piqué de la came ? je demande en me référant à l'autre message tagué sur la voiture.

Tank acquiesce :

– Apparemment, un gros paquet de cocaïne pure pour une valeur d'au moins cinq cent mille dollars.

Je dois avoir l'air d'être tombée d'un arbre, tellement je n'en crois pas mes oreilles :

– Et où est la marchandise ?

Tank hausse des épaules.

Riot, de son côté, pousse un grognement.

Champ, lui, soupire.

– Nous ne savons pas. Elle est arrivée en ville avec seulement les os et la peau sur le dos, en tremblant comme une feuille et en nous disant que si on ne l'aidait pas, elle allait emmener Shayna avec elle.

– Une pauvre droguée qui avait abandonné son enfant n'aurait eu aucune chance devant un tribunal… je commence à leur répondre.

Derek me coupe net.

– On sait tous ça, patron. Calme-toi.

Je hoche de la tête en attendant des réactions de la part des autres.

– Elle a ajouté qu'elle avait tout claqué à force de faire la fête, mais qui sait si c'est vrai. Elle pourrait très bien nous avoir bernés et avoir toujours la marchandise. Whip était obsédé de la voir foutre le camp de cette ville. Elle avait commencé à sérieusement embêter Anya, s'était battue avec Shay et avait foutu une trouille bleue à sa propre fille. Il lui a donné l'argent, on l'a raccompagnée aux portes de la ville et on n'a plus entendu parler d'elle. Voilà que trois mois plus tard, le magasin de Shay est vandalisé.

– Et vous n'avez jamais pensé que les deux histoires pouvaient avoir un rapport entre elles ?

Je ne peux pas m'empêcher de laisser transparaître mon étonnement dans le ton de ma voix ni de les suspecter d'une certaine légèreté.

– Voyons, bien sûr on a pensé que ces deux affaires pouvaient être liées. J'ai appelé le président des Devil's Riders moi-même, grogne Riot dans sa barbe. Il a prétendu qu'aucune marchandise ne manquait à l'appel et qu'il n'avait pas la moindre idée de ce dont je lui parlais.

En même temps, on se rend compte aujourd'hui que, peut-être, le président lui-même ne savait pas que sa marchandise – et donc son argent – avaient disparu. On sait que celui qui nous a emmerdé est un aspirant, qu'il n'est pas marqué. Les autres le sont aussi, probablement. On sait maintenant qui ils recherchent et pourquoi. Je crois que ça vaut le coup de rappeler le président des Devil's, de lui dire ce que je sais et de lui raconter tout ce qui s'est passé depuis notre dernier échange On va voir si on ne peut pas trouver un meilleur moyen de régler cette histoire, vu que nous avons maintenant un putain de frère mort et ma femme sur un lit d'hôpital.

En entendant ça, je quitte les bras de Derek et me positionne devant Riot :

– Je pense qu'il faut que vous laissiez la police régler ça. Vous parlez des Devil's Riders, qui sait jusqu'où ils vont nous emmener. S'ils ont décidé que ce que vous avez fait mérite une vengeance, ils sont capables du pire. Cinq cent mille dollars de coke pure valent des millions sur le marché.

Les poings serrés, la mine renfrognée, Riot est furieux.

– Petites Fossettes, on a besoin de prendre une décision commune, me dit-il en se penchant vers moi. J'espère que tu as compris que ta position de taupe au sein du club, c'est foutu.

Je jette un coup d'œil sur les bikers qui ne savaient pas que j'étais là en tant qu'officier de police venue aider le bureau du shérif.

– Aucune importance, les autres ne le savent pas. Ce n'est pas très grave si ceux qui nous entourent ici sont au courant. Il faut juste monter un plan, on peut encore se servir de moi pour les attirer. On les attrape, la police les aura avant les Devil's Riders et, comme ça, on pourra faire tomber tout le monde. Laissons aussi à la police le soin de retrouver cette Jess.

Riot se gratte le front et Derek remet un bras autour de moi en pressant une joue contre la mienne. Je frissonne en l'entendant parler si près de mon oreille :

– Ce genre de plan, ça ne marche pas avec les bikers. On ne livre à personne ceux qui nous ont fait du mal. Quelqu'un doit payer pour ce qui est arrivé à Jay. Œil pour œil, dent pour dent.

Soudain, je sens tout mon corps se crisper sous l'effet d'une grande crainte. La sueur commence à perler sur mon front :

– Vous allez commettre un meurtre ?

Je jette un œil autour de moi dans le club, à tous ces hommes qui assistent au spectacle de ce qui se passe sans dire un mot. Écœurée, je leur dis en les pointant du doigt :

– Toi, toi, vous ! Vous tous, le Hero's Pride, je pensais que vous étiez différents. Des types respectables.

Je hurle tout ce que je sais, tellement je suis blessée et déçue par ce que j'entends.

– Bébé…

Derek essaie de me retenir en vain ; je le bouscule et recule d'un pas pour pouvoir tous les regarder en face, les uns après les autres :

– Ce club est loin d'être ce que je pensais ! Vous avez beau avoir de mauvaises manières, vivre à la sauvage et conduire vos motos en toute liberté, pour moi, vous n'étiez pas des meurtriers. Où donc sont passés les « Héros » ?

Ma voix monte d'un cran sous l'effet de la colère :

– À vous maintenant d'imaginer un plan qui me prouve le contraire et surtout, n'oubliez pas de m'avertir quand vous aurez pris une « bonne » décision.

En insistant sur le mot « bonne », je laisse tout sortir : ma rage, ma tristesse et ma déception. Puis je fais demi-tour et m'engouffre dans les escaliers ; je vais, enfin, pouvoir prendre une douche dans la chambre réservée à Champ.

Là, je pourrai aussi tranquillement penser à mon propre plan. Un plan dans lequel l'homme de mes rêves ne va pas finir sa vie en prison.

# Chapitre 7

## Champ

À l'Église, c'est le bordel. Chaque frère présent a un avis différent et aucun de nous n'arrive à une solution décente pour savoir comment on va pouvoir avancer. Riot n'en démord pas : il veut absolument contacter les Devil's Riders. Il a l'impression qu'il va arriver à ramener leur président Skull à la raison. Je ne suis pas de cet avis. Cet homme est un dingo doublé d'un franc-tireur. La seule chose qui l'intéresse, c'est le fric, il n'en a jamais assez… peu importe s'il doit blesser, estropier ou tuer pour arriver à ses fins. On ne pourra jamais s'entendre avec ce club. Pour l'instant, il est fort probable que ce soit quatre de leurs aspirants qui nous ont bien emmerdés. Ne pas oublier qu'un d'entre eux a tiré sur la femme de Riot et qu'un autre a tué notre Jay.

Je suis pour qu'on leur fasse subir des représailles, mais après avoir entendu Tammy, je suis aussi d'accord avec elle. Si on pouvait être sûr d'un châtiment maximal, sans retombées supplémentaires de la part des Devil's Riders, je ne serais pas contre laisser les flics faire leur boulot ; c'est ce que j'ai voté. Quelques mecs m'ont suivi, mais d'autres ont refusé cette option.

Chacun de nous finit sa journée, absolument furieux, campé sur ces positions, sans aucune solution en vue. Nous sommes dans une impasse totale ; heureusement, nous n'avons pas de décision à prendre aujourd'hui. En attendant, le club a choisi quelques mecs pour se lancer à la recherche de Jess. C'est au moins un point sur lequel tout le monde s'est accordé, même si personne ne sait vraiment où cela va nous mener. Au moins, c'est une piste possible.

Je monte les escaliers quatre à quatre pour arriver à la chambre qui m'est réservée au club-house. En arrivant devant la porte, je m'aperçois qu'elle est fermée à clé. Prévisible. Ma femme qui a du tempérament peut vite s'emporter mais, jusqu'à présent, j'ai toujours réussi à calmer le jeu.

J'ouvre la porte en utilisant ma clé et je trouve à l'intérieur ma séduisante policière qui fait les cent pas avec son portable collé à l'oreille.

Nos regards se croisent. Elle plisse les yeux, l'air renfrognée. Elle n'a pas du tout l'air contente. En la voyant ainsi, tout énervée, je me mords les lèvres pour m'empêcher de sourire.

D'une façon ou d'une autre, ma femme arrive toujours à me mettre de bonne humeur, rien que par son allure adorable, même si aujourd'hui, à part le délicieux réveil que nous avons vécu ensemble, la journée n'a été qu'une succession de contrariétés.

– Ok, Monsieur, je suis d'accord…

Elle arrête de faire les cent pas et son regard reste fixé au mien. Elle a l'air pensive et fait claquer les doigts de sa main qui ne tient pas le téléphone, comme si elle voulait se débarrasser d'un trop-plein d'énergie.

Apparemment, la conversation est tendue. Mais putain, pourquoi se met-elle dans un état pareil ? Je l'entends dire :

– Je demanderai à Champ de me lâcher au commissariat quand il ira bosser demain.

La lâcher ? Elle est tombée sur la tête ? Je ne veux pas la lâcher d'une semelle, pas question de la laisser seule sans un homme de mon choix pour veiller sur elle… et encore, seulement si cet homme, c'est moi et personne d'autre.

– Merci, shérif, je comprends. Je ferai ce qu'il faut. À demain.

Voilà qui ne me dit rien qui vaille.

Dès qu'elle raccroche, elle met son téléphone dans sa poche arrière. Elle avait pris quelques affaires de rechange ce matin et porte maintenant ce que je considère comme une tenue normale de nana à biker. Un jean, un tee-shirt à manches longues bien moulant, celui-ci est d'un vert foncé qui va parfaitement avec la couleur de ses yeux, des bottes et plein de trucs en argent aux oreilles, autour des poignets et de son cou.

Putain, Tammy est vraiment un rêve de biker devenu réalité.

Belle, rapide, sexy, intelligente, mais sans vous le faire sentir. Facile à vivre la plupart du temps. Cool.

Ma femme est cool. Parfait, en ce qui me concerne.

– Je dois aller au commissariat demain, me dit-elle en relevant une mèche qui lui gêne les yeux, on va revoir le cas de fond en comble et plancher sur les directions à prendre.

– C'est non, je lui réponds en enlevant mon sweat d'entraînement avant de le lancer dans le panier à linge qui se trouve dans un coin de la pièce.

Tout de suite, son regard se dirige sur ma poitrine dénudée et ses yeux s'assombrissent. Mais mon refus vient sans doute d'atteindre son cerveau parce que, soudain, ses yeux deviennent ombrageux et, mettant ses mains sur les hanches, elle me demande :

– Pardon ? Non ? Là, il va falloir que tu m'en dises un peu plus.

– Ok, jamais de la vie si tu préfères !

Et je me débarrasse de mes baskets.

– Tu n'as pas le droit de me dire non, Champ.

– Voilà que tu m'appelles Champ en privé, maintenant. Finis les Derek, ou les Rocky ?

Je me moque un peu d'elle, mais je tiens à lui faire savoir que j'ai relevé la nuance en sachant très bien où elle veut en venir.

– On est en train de parler boulot, ici. Tu ne te mêles pas de mon boulot, c'est clair ?

– C'est des conneries, tout ça. On parle du club. Et le club, c'est moi. Et en fait, c'est toi aussi, le club.

– Désolé, Derek, me répond-elle en faisant non de la tête, Je dois aller au travail. Je suis ici pour ça...

– Plus maintenant, j'ajoute en grognant. Tu es ici, parce qu'ici, c'est chez toi. Je suis ton chez-toi et le club est ta nouvelle famille. Ta place est avec nous.

Je reste là, debout, raide comme un bout de bois, les bras croisés, les jambes écartées, prêt à recevoir la tempête.

– J'ai besoin de travailler, dit-elle en faisant la grimace. Tu ne peux pas me demander d'abandonner ma carrière après une petite semaine passée à tes côtés... et une seule journée à être amoureuse de toi !

« Être amoureuse » de toi.

Pas « tomber amoureuse ».

Grande différence !

– Bébé...

Voilà qu'elle recommence à faire les cent pas en faisant de grands gestes avec les bras.

– Non. Ne viens pas me chercher avec tes « bébé », « mon bébé » ou tes « patron » et autres « Petites Fossettes », ça ne marche plus. On parle de ma carrière ; au cas où tu ne t'en serais pas rendu compte. Une carrière pour laquelle j'ai travaillé dur, crois-moi.

– Tammy... j'essaie encore, timidement, mais je ne peux pas l'arrêter.

– Si nous parlons d'amour entre nous (elle pointe alors un doigt sur sa poitrine puis le retourne vers la mienne) je ne pense pas qu'un homme puisse demander à sa femme d'abandonner tous les efforts qu'elle a faits pour quelque chose, simplement parce que lui est effrayé ! Choisirait-il son club plutôt que sa femme ?

– Non, tu as raison, je lui réponds calmement pendant qu'elle continue à faire les cent pas.

– De plus, je te signale que tu m'as demandée ! Moi ! L'agent Tammy Hamilton, une adjointe du shérif. Je ne suis pas une de tes filles de club ou une de ces nanas que tu soulèves au hasard chez *O'Donnell* pour une baise d'un soir... Attends, qu'est-ce que tu viens de me dire là, au juste ?

Elle arrête enfin de marcher de long en large et met la main dans ses beaux cheveux d'un geste mal assuré. Je la sens gênée tout à coup. Tout de suite, j'ai envie de l'embrasser comme un fou, tellement je la trouve irrésistible quand elle est comme ça. Je voulais surtout qu'elle se taise et qu'elle se calme pour que je puisse lui dire que j'étais de son avis.

– Je viens juste de te dire que tu as raison. Si t'aimer veut dire que je dois accepter ton travail, c'est bon, j'accepte.

Je ne peux pas être plus clair. En un instant, son visage passe de l'amertume, la colère et la frustration à la douceur et à la rêverie ; il s'illumine d'un charme à se damner.

– Vraiment ?

J'entends dans sa voix qu'elle n'en est pas encore persuadée, je sens plutôt une lame qui me transperce le cœur.

– Ouais, vraiment.

– Derek... commence-t-elle, la gorge serrée.

– Est-ce que tu m'aimes ? je lui demande brusquement.

Elle en reste muette comme une carpe.

– Tout à l'heure, tu as dit que tu étais amoureuse de moi, ce qui veut dire que tu es déjà amoureuse, pas que tu es en train de tomber amoureuse comme tu as essayé de me le faire croire ce matin. Je te repose donc la question : est-ce que tu m'aimes, Tammy ?

Cette fois, elle ne sait plus où se mettre, elle regarde dans le vide et se contente de hocher de la tête.

– Allons, bébé, viens ici.

Rien à faire, il n'y a que la tête qui bouge. Je ne vais pas me battre pour si peu. Sans attendre, je vais vers elle.

Je prends son petit corps tout nerveux dans mes bras, elle pose sa joue contre ma poitrine et, à son tour, elle m'enlace et me serre bien fort.

– Alors, dis-moi, est-ce que tu m'aimes ?

Une troisième fois, je lui pose la question, je veux entendre une putain de réponse sortir de sa bouche.

– Ouais... finit-elle par avouer en traînant la voix. Mais pas de compromis sur qui je suis ou sur ce que je fais. Plus jamais. Jamais, jamais. On est d'accord, Derek ?

Je lui caresse le dos et remonte poser ma main sur sa nuque.

– Je n'en attendais pas moins de la femme que j'aime.

Son menton tremble alors que je lui relève la tête pour mieux regarder ses yeux.

– Je t'adore, Tammy. (Je n'en ai rien à foutre que ce soit trop tôt pour le dire ou que nous soyons en pleine tempête en ce moment.) Je t'aime et je te veux dans ma vie pour toujours.

– Alors, pourquoi essaies-tu de me changer ? Pourquoi essaies-tu de m'empêcher de faire mon boulot ?

Son ton est hésitant et rempli d'une certaine douleur que je n'ai certainement jamais voulu entendre dans sa voix.

– Bébé, on est en danger en ce moment. Je n'ai pas envie que tu t'éloignes de moi ou que tu sois sans la protection du club. Tu sais, avec le club justement, tu es la seule chose à laquelle je tienne vraiment et je ne veux pas prendre le risque de perdre le trésor que je viens juste de trouver.

– Tu ne vas pas me perdre, Derek, me dit-elle doucement en faisant glisser une main sur ma poitrine.

– Tu as raison, je lui réponds en regardant ses doigts qui se mêlent à mes poils, je vais tout faire pour que ça n'arrive pas.

Elle me regarde droit dans les yeux :

– En travaillant au commissariat avec le shérif, je serai en sécurité. En plus, il m'a dit qu'il était en négociation pour m'obtenir un poste permanent. Apparemment, au vu des derniers événements qui se sont passés à Grant's Pass, la ville n'est pas contre le fait d'engager un, en l'occurrence une, assistante de plus. À ce qui paraît, il y aurait même d'autres problèmes dans le comté qui justifieraient l'engagement de plusieurs officiers de police.

– Malgré tout, je n'aime pas ça, je lui dis en la gardant près de moi.

Visiblement, elle l'admet, mais je la sens prise entre deux feux… Elle soupire :

– Je comprends, mais tu n'as pas besoin d'aimer ça. Tu dois juste me lâcher les baskets et me laisser faire mon boulot. Je suis faite comme ça. C'est mon métier et c'est ce que j'ai toujours voulu faire depuis que je suis petite fille. À croire ce qu'on m'en dit, je suis même très bonne dans ce que je fais. Je veille à faire ce qu'il faut, sans oublier de me protéger. En plus, maintenant, je sais qu'un homme m'attend à la maison. Un homme avec qui je veux être plus qu'avec n'importe qui d'autre au monde. Tu penses que je vais laisser le moindre grain de sable gripper le beau rouage qui s'est mis en marche ?

En entendant ses paroles, je ne peux m'empêcher de sourire comme un idiot :

– Viens prendre une douche avec moi, je lui demande en tirant sur son tee-shirt.

– J'en ai déjà pris une, elle me répond, amusée.

– C'est le moment d'en prendre une autre, j'ajoute, bien décidé.

– Écoute, je me suis déjà lavé les cheveux. Tu sais bien, ça me prend un temps fou pour les sécher.

C'est vrai. Cette femme a une sacrée chevelure. Ses cheveux sont épais, très fournis et j'adore jouer avec quand je lui parle.

– Tammy, j'ai envie de sceller le pacte que je viens de passer avec toi. En fait, je pense que ça devrait devenir notre façon de faire. On n'est pas d'accord, on finit par tomber sur un compromis et on baise pour fêter ça.

Elle commence à faire glisser ses mains sur ma poitrine et, tout à coup, elle en enfonce une dans mon pantalon de jogging avant de saisir ma queue qui est déjà bien dure. Effet immédiat, je ne peux m'empêcher de lâcher un petit sifflement.

– Je suis d'accord. Mais pour cette première fois, je vais sceller notre compromis en prenant mon homme dans la bouche, juste pour lui faire plaisir. Alors, il saura combien il a pris la bonne décision en me laissant faire mon boulot et, peut-être, en la laissant faire, il va réussir à ce que sa chérie emménage ici de façon permanente.

À peine a-t-elle fini son petit discours qu'elle se met à genoux, entraînant mon pantalon de jogging avec elle. Ma queue fait des mouvements de haut en bas, dès qu'elle se trouve libérée. On dirait qu'elle lui fait des petits bonjours.

Tammy frotte une joue contre la tige :

– On est en pleine transaction, n'est-ce pas ?

Elle fait courir son nez le long de mon érection, arrive sur mon gland et dépose un doux baiser juste sur le bout.

Je pousse un grognement et m'arrange pour écraser mon gros gland contre ses lèvres pulpeuses, mais, pour l'instant, elle ne me laisse pas entrer.

– Suce-moi, je lui demande dans un râle.

Elle sourit. Immédiatement, ma queue donne des petits coups sur ses dents :

– Toujours en transaction ?

Elle me regarde droit dans les yeux et se met à légèrement lécher le bout.

N'y tenant plus, je l'attrape par les cheveux :

– Tammy, là, tu es en train de me demander de te baiser la bouche, je te préviens.

Elle se contente d'un petit sourire narquois en guise de réponse.

– On a passé un marché, oui ou non, Rocky ?

Elle suce juste le bout de mon gland ; tout de suite, mes yeux se révulsent.

Tammy sait drôlement bien se servir de sa bouche. Trop bien, peut-être.

Je pousse loin, elle me prend jusqu'au fond de sa gorge.

Un vrai bonheur.

– Cette fois, c'est marché conclu, je murmure entre mes dents pendant qu'elle me travaille autant qu'elle peut.

Sa bouche me prend dans toute sa chaleur humide. Elle me suce comme une vraie pro. Je prends sa tête à deux mains en restant immobile autant que je peux pour mieux ressentir tout ce qu'elle a à m'offrir.

Je caresse ses joues pendant qu'elle suce un chemin glissant qui va de la base de ma queue jusqu'au sommet où elle se met à dessiner des cercles avec sa langue avant d'enfoncer son petit bout dans la fente de mon gland. Je commence à voir des étoiles en lui attrapant les cheveux ; je continue en glissant jusqu'au fond de sa gorge et en poussant un long cri rauque. Elle prend ce que je viens de lui donner tout et en gémissant de désir en allant jusqu'au bout. On dirait que sa tête danse sur ma queue quand je sens un signe connu qui me chatouille au bas du dos. Mes couilles se durcissent et remontent, prêtes à se libérer.

Prenant ses cheveux par les racines, j'arrive malgré tout à la retirer de ma queue.

Elle en profite pour reprendre sa respiration, mais je vois que ses yeux sont couverts d'un voile plein de désir et que sa bouche bien rouge a l'air enflée tout comme ses joues… jamais je crois, je ne l'ai vue aussi belle. Je le retiens toujours par la tête alors qu'elle essaie de reprendre ma queue dans sa bouche. Elle gémit encore quand elle comprend que j'ai décidé de ne pas la laisser faire, elle est perdue dans la beauté de faire plaisir à son homme, elle n'a plus le contrôle sur rien.

– Petites Fossettes, si tu ne veux pas que je jouisse dans ta bouche, tu as deux solutions : soit tu me finis à la main, soit tu baisses ton pantalon et je me finis en toi.

– Lâche mes cheveux et baise-moi carrément la bouche, Derek. J'ai envie de savoir quel goût tu as.

Le sourire sensuel qui se dessine sur ses lèvres m'incite à la pénétrer et je rentre jusqu'au fond de sa gorge tout en perdant de plus en plus la tête chaque fois que je m'enfonce.

Plus je baise son visage, plus elle gémit. Ses mains s'accrochent à mes hanches, je la sens prête pour le final.

C'est une sacrée patronne de flic que j'ai là ! C'est sans doute la meilleure femme que j'aie eue dans mon lit.

– Je vais jouir, bébé.

Elle se met à me sucer plus vigoureusement, elle bouge la tête dans tous les sens, elle reprend le contrôle alors que je pose mes deux mains sur son visage avec respect tout en profitant du plaisir qu'elle me donne.

Je ne peux plus me retenir. Ma queue me fait mal tellement elle est dure, j'ai l'impression qu'elle palpite au rythme des battements de mon cœur alors que ma tige glissante apparaît et disparaît à l'intérieur de ma Tammy.

– Putain, je t'adore, toi, je rugis au moment de ma dernière pénétration que j'enfonce de toutes mes forces entre ses lèvres.

Elle m'avale jusqu'au bout, elle prend tout, sans rien attendre en retour.

Pendant un bon moment, je reste debout, immobile, j'ai l'impression d'être suspendu, comme si j'étais accroché par un harnais, planant au-dessus du précipice de mon futur. Mon tout. Ma chérie.

– Ainsi, j'ai pris possession de ta queue, me déclare-t-elle dans un sourire qui me fait presque peur.

Elle regarde avec intérêt l'état dans lequel elle m'a mis : à la fois tout décoiffé, comblé et anéanti.

– Oui, bébé, elle t'appartient désormais.

Inutile de le nier, elle a pris possession d'encore bien plus que ça.

Tammy finit sa pipe comme elle l'avait commencée, en déposant un doux baiser sur l'extrême bout de mon gland. Elle se relève enfin en esquissant un sourire d'un petit air supérieur avant de m'enlacer.

Je la garde proche de moi en me laissant envahir par tout ce qui fait qu'elle est unique à mes yeux : ses lèvres gonflées, ses yeux noisette qui brillent, ses joues bien roses, ses cheveux en bataille et ce beau sourire arrogant qu'elle arbore sur son magnifique visage. Le tout me rend dingue. Je n'ai jamais eu mieux dans mon lit que cette femme et jamais je n'aurai besoin maintenant d'aller chercher ailleurs.

– Je vais me faire brûler pour toi, Tammy.

Je lui fais part de ce que tous les membres du club ont à faire quand ils demandent leur chérie et je veux aussi que le club la demande comme membre à part entière.

Elle me regarde avec de grands yeux étonnés et bouge vigoureusement la tête de gauche à droite avant de s'exclamer :

– Non ! Non ! Non ! Noooon ! Pas ça, jamais ! Je ne veux pas rester à côté de toi et assister au marquage de mon nom sur ta peau. Ça, jamais ! Tu m'entends ?

Sa réponse est tellement animée que je dois la tenir plus serrée contre moi pour éviter qu'elle ne s'en aille.

– Qu'est-ce que tu es en train de me dire, là ?

– Je ne veux pas que tu te fasses brûler la chair pour moi, Derek. Cette pratique est nulle. C'est ignoble. Incroyablement douloureux. Je te le dis : je refuse d'assister au marquage de l'homme que j'aime dans ce rite que je trouve barbare et cruel.

Un peu contrarié de l'entendre me dire ça, j'immobilise sa tête qui n'arrête pas de bouger dans tous les sens afin de pouvoir la regarder droit dans les yeux. Je suis horrifié de voir qu'en fait elle me regarde totalement paniquée :

– Bébé, voyons, c'est la tradition…

Elle n'en démord pas :

– Je n'en ai rien à foutre de ce que c'est, je déteste ça, c'est tout.

– Mais, c'est magnifique, Tammy, c'est un cadeau…

– En tout cas, ce n'est pas le cadeau dont j'ai envie. Un blouson de cuir, une belle moto, un animal de compagnie, voilà des cadeaux qui vous changent une vie ! Te faire brûler la chair et te faire marquer mon nom… Hum… désolée, pas pour moi. (Et elle continue à faire des grands « non » avec sa tête.) Je ne veux pas de ça. Jamais je ne vais cautionner une telle barbarie. Tu sais quoi ? Je serai même furieuse si tu fais un truc pareil !

– Furieuse ? Bébé, je crois que tu n'as pas compris. Quand un membre du Pride demande sa chérie, il brûle pour elle, c'est comme ça. Chaque homme qui a une chérie porte le nom de sa femme sous la forme d'un blason gravé sur sa poitrine.

Elle me regarde bien en face et me répond froidement :

– C'est non !

Elle n'a pas du tout l'air de plaisanter.

Bien embêté, je souffle un grand coup, parce que je ne vois pas comment je vais pouvoir sortir de cette impasse. C'est clair, ma femme ne veut pas voir son nom inscrit en lettres de feu sur ma poitrine. Pourtant, ce n'est rien d'autre que la marque permanente indiquant qu'on a officiellement demandé sa chérie. Tous les bikers de mon club ont ça ! C'est la tradition chez nous, ça fait partie des pratiques de la fratrie et ça permet de faire entrer nos femmes au sein de la famille. Un sacrifice peut-être, mais un sacrifice que je veux faire de toutes mes forces. Un sacrifice dont visiblement ma femme ne veut, en aucun cas, entendre parler.

– Il va falloir que tu trouves autre chose…

Et je la vois qui hausse les épaules comme si c'était la fin de la discussion.

– Petites Fossettes, je suis désolé, mais marquer quelqu'un est un acte sacré pour le Pride. C'est notre façon de faire.

– D'après ce que j'ai compris, assassiner les bikers renégats est aussi votre façon de faire, me répond-elle d'un air suffisant, sachant très bien comment je vais réagir.

– J'ai bien peur que nous foncions tête baissée vers un nouveau round de dispute, de compromis et de baise pour régler nos différends.

Sans dire un mot, Tammy enlève son tee-shirt, défait son pantalon et le laisse tomber par terre. Debout dans la pénombre, je vois qu'elle porte un soutien-gorge vert en dentelle avec une petite culotte assortie qui font durcir ma queue en moins de temps qu'il ne faut pour le dire.

– Mon Dieu… je sens qu'il va falloir que je me mette à prendre sérieusement des vitamines agrémentées d'autres fortifiants tellement je vais avoir besoin de te baiser.

Elle se contente de me faire un grand sourire. Apparemment, la colère que je lisais tout à l'heure sur son visage a fait place à une expression pleine de désir.

– À toi de jouer, vieux.

– Je te signale que je n'ai que quatre ans de plus que toi, je réponds, les bras croisés.

– Peut-être, mais tu es le plus vieux. Tu sais, je peux sans problème te provoquer face à face tous les jours de la semaine, Rocky.

– Vraiment ?

Tout en haussant les épaules, je prends ma queue qui durcit de plus en plus dans la main et commence à la branler. Je constate qu'elle regarde mon sexe en se léchant les lèvres tout en serrant ses jambes l'une contre l'autre.

– Plus que jamais.

– Si je me souviens bien, c'est moi qui t'ai baisée hier soir jusqu'à ce que tu en perdes connaissance.

Soudain, la voilà contrariée :

– J'avais eu une rude journée et beaucoup d'orgasmes ! répond-elle, les bras croisés à son tour.

Ce qui fait rebondir ses petits seins en me mettant l'eau à la bouche.

– Je vais me faire brûler pour toi, bébé. Tu ne vas pas gagner sur ce point-là, je lui dis en passant une main sur ma poitrine, là où se trouve mon cœur. Bientôt, on pourra lire « Tammy » là-dessus.

– Graver le nom de quelqu'un sur sa peau, c'est comme appeler le baiser de la mort ! Tout le monde sait ça. Marque mon nom sur ton corps, et un malheur arrivera. Souviens-toi de ce que je te dis.

– Ce n'est que de la superstition, je réponds, l'air fier en faisant un pas vers elle.

Sans se démonter, à son tour, elle fait un pas en arrière :

– Tu n'as jamais entendu dire que briser un miroir t'apportait sept ans de malheur ?

– Si, bien sûr. C'est juste que je n'y crois pas.

À nouveau, je me rapproche.

À nouveau, elle recule, mais se cogne les jambes contre le bord du lit. Je ne peux pas m'empêcher de ricaner, sachant qu'elle se trouve exactement dans la position où je voulais qu'elle soit.

– C'est là qu'on voit que tu n'as jamais été marié à un connard. Parce que, moi, j'ai vécu les pires sept années de ma vie, juste pour avoir eu la maladresse de laisser tomber un poudrier dans la salle de bains le soir de notre nuit de noces !

Je bougonne à moitié :

– Tammy, tu t'es mariée avec un connard qui a toujours été un connard. Quand tu l'as rencontré, il a sans doute tout fait pour cacher sa véritable nature et te coincer. Une fois marié, il s'est montré tel qu'il était ! Tout ça n'a rien à voir avec le fait que tu aies brisé ce stupide miroir.

– Tu crois ça ? s'écrie-t-elle. Tu n'en sais rien et, puisque tu en es si persuadé, je ne vais même pas te laisser une chance de le vérifier.

Je la pousse un peu plus tout en l'attrapant dans mes bras, puis je la fais tomber en arrière pour pouvoir la plaquer sur le lit afin de l'avoir à ma merci. Une fois que nous sommes bien installés, j'en profite pour l'embrasser avec fougue. Je plonge ma langue en elle jusqu'à ce qu'elle se calme. Et puis, je continue et lui en demande encore.

Quand, enfin, je la sens plus conciliante, je me relève et prends son visage dans mes mains :

– Je veux ton nom gravé sur mon corps, bébé. Je veux que tout le monde sache que tu es à moi et que je suis à toi. Tu n'as pas envie de montrer à tout le monde que je suis à toi ?

– De toute façon, dis-moi qui va te voir torse nu, hein ?

J'entends comme une pointe de jalousie dans sa réponse et je commence à rire doucement.

– Bébé, sois donc à la tête d'une salle de gym et d'un club de boxe, et tu verras que tout le monde peut lire ce qu'il y a d'écrit sur ton corps. C'est exactement ce que je veux. Riot, Rex, Hammer, Whip et une douzaine d'autres frères, eux aussi, ont un nom marqué sur leur poitrine. Ne m'empêche pas de le faire. Je me tuerai si je n'ai pas l'occasion de vivre cette cérémonie. Je veux te demander à ma façon, Tammy, selon les rites du Pride.

Elle pousse un grand soupir et ferme les yeux :

– Je déteste l'idée que tu souffres pour me prouver quelque chose. Te faire brûler la chair ? Mais pourquoi ? Pourquoi toi, ou n'importe qui d'autre, en ressentez un tel besoin ? Franchement, je ne comprends pas.

Des larmes lui montent aux yeux, elle a sa tête des mauvais jours. Moi, je commence à réaliser que, vraiment, elle ne comprend pas. En même temps, je pense que si elle a du mal à l'admettre, c'est parce que, justement, jusqu'à présent, ce n'est pas son homme qui s'est fait marquer.

– C'est une sorte de sacrifice. Comprends bien : si je sacrifie ma chair, grâce à la surface de ma peau qui protège mon cœur avec ton nom, je dis à tous les hommes, à toutes les femmes et à toutes les personnes vivantes, que, toi, Tammy, tu es tout pour moi. Qu'il n'y a rien que je ne puisse faire pour toi. Chacun à sa manière, la fratrie, comme le Pride, nous le rendra. C'est une preuve de courage, d'honneur et d'amour. Trois valeurs que tu m'inspires.

Cette fois, les larmes coulent sur ses joues. Je me penche vers elle et viens embrasser chacune des gouttes qui brillent sur sa peau. Le parfum de sa tristesse et de ses craintes m'envahit la bouche.

– C'est terrifiant…

– Souvent les choses les plus importantes comme les plus prenantes de nos vies ont des côtés effrayants. L'amour que j'ai pour toi, bébé, te paralyse parce qu'il n'a pas de fin. Je ferai tout ce qui est en mon pouvoir pour éloigner de toi le danger et te protéger, parce que, maintenant, tu es devenue mon monde. Ma vie. Et le club l'accepte comme un fait acquis. Comme un destin. Le marquage et la cérémonie qui l'accompagnent sont une célébration de ce constat. Tu sais, tout le monde peut divorcer, mais personne ne pourra jamais effacer ton nom cicatrisé dans ma chair, une fois qu'il y est marqué. C'est ça, l'engagement définitif.

– Mon Dieu, Derek, dans ta bouche, ces paroles me paraissent tellement belles et romantiques.

– C'est parce que tout le processus l'est, tu verras…

Elle ravale sa salive, prend une grande bouffée d'air et me regarde un long moment au fond des yeux avant de me demander :

– Fais-moi l'amour.

– Sommes-nous arrivés à un accord ?

Elle prend un air gêné, mais acquiesce avec solennité :

– Oui.

– Si je comprends bien, on peut maintenant attaquer la partie réconciliation. Selon notre schéma : dispute, compromis, baise.

Tammy me serre dans ses bras et commence à frotter ses hanches sur ma queue qui est restée toute dure.

– Je n'aime pas beaucoup ça, mais c'est comme mon boulot, c'est quelque chose dont tu as besoin si tu veux rester toi-même. Et, pour respecter à cent pour cent ce qui déjà existe entre nous, je pense que je suis capable de faire un effort.

Je glousse de rire en l'embrassant comme un fou :

– Alors ? Tu viendras voir ?

– Oui, je te promets d'être là, mais je ne te promets pas de garder les yeux grands ouverts au moment où Riot va coller un fer à marquer brûlant sur la chair de l'homme que j'aime. Juste pour me prouver son amour. Ce que, je me permets d'ajouter, il réussit très bien à faire simplement en respirant, mais j'irai jusqu'au bout de la tradition. On est d'accord !

– Je t'adore, bébé.

Elle se met à gigoter comme une folle.

– Et surtout, répète-moi ça quand tu seras en moi, que je puisse alors avoir, disons, une bonne centaine d'orgasmes, pour essayer d'oublier l'horreur que tu as l'intention de faire subir à l'homme que j'aime.

Je lui dépose quelques petits baisers sur les lèvres et je remonte dans son cou en continuant mes baisers jusqu'à l'entendre pousser de légers soupirs.

– Tammy, tu es vraiment très exigeante, tu sais.

Je sens qu'elle est prête à me répondre, mais, pour couper court, j'écarte le fond de sa culotte et la pénètre tout de suite, en lui prenant la bouche en même temps. La dispute s'éloignant, elle s'abandonne enfin et me gratifie cette fois d'un vrai, beau, grand et long soupir.

Quelle merveille !

# Chapitre 8

## Tammy

Encore ce breuvage vert qui me nargue. Tous les jours depuis maintenant une semaine, je bois un de ces smoothies santé que Derek me prépare chaque matin. J'en ai des frissons rien qu'à le regarder. Ce n'est pas vraiment mauvais, mais surtout je pense que ce truc me donne une pêche d'enfer et fait un bien fou à ma peau. Je n'ai jamais été aussi resplendissante et tonique.

Peut-être est-ce aussi dû à nos séances de sexe. Depuis que les vannes se sont ouvertes entre Derek et moi, c'est un tsunami de baise, mélangé à de vrais échanges amoureux, avec un zeste de perversion. Vu tout ce qui se passe au club et le niveau d'alerte maximal dans lequel nous sommes, Champ ne m'a pas encore attachée. Dire que je suis déçue serait un euphémisme. Je ne suis jamais sortie avec un homme avec qui j'ai pu vivre un seul de mes fantasmes et je dois avouer qu'être attachée, bras et jambes écartés sur un lit, reste au sommet de ma liste.

J'ai tellement hâte de pouvoir jouer à ce petit jeu ! Derek et moi l'avons évoqué hier après notre « dispute, compromis et marathon sexe », un petit rituel maintenant habituel entre nous. C'était juste avant qu'un bon nombre d'entre nous aient pris la route pour se retrouver chez le shérif, au cimetière des voitures volées exactement, là où ils ont mis la Mustang vandalisée de Mags.

Ça fait mal au ventre de voir cette voiture après ce que les Devil's Riders en ont fait. Avant le vol, cette Stang était l'enfant chéri de Magdalene, tout comme ma Hellcat est le mien. J'étais bien contente que Mags ne soit pas là pour constater l'état dans lequel ils l'ont laissée. Je ne sais pas si j'aurais supporté de voir sa réaction, sachant que la dernière fois qu'elle la conduisait, son garçon, comme elle avait l'habitude d'appeler Jay, était assis à côté d'elle, encore bien vivant.

Riot regardait la voiture avec une telle haine que j'ai eu peur de le voir péter un câble. Il s'est retenu, mais je suis sûr qu'il s'en est fallu d'un cheveu ! Si ça se trouve, il s'est retenu en pensant à Jay.

Après l'avoir bien regardée en détail et que les experts ont pris tous les prélèvements dont ils avaient besoin, on a tous quitté les lieux. Le reste de la troupe est en patrouille ou passe des coups de fil aux autres clubs pour savoir s'ils ont des infos sur Jess, cette ex-fille du club qui nous a foutus dans cette situation infernale.

Toutes ces pensées continuent à tourner dans ma tête quand j'attrape ma mixture. En la regardant de plus près, je me demande si elle ne serait pas meilleure avec des glaçons.

– Tu es prête, patron ?

Derek vient d'entrer dans la chambre. Il est déjà en tenue de sport, mais porte en plus fièrement son gilet du club par-dessus. En le voyant comme ça, je peux vous dire que personne au monde n'oserait faire la moindre réflexion à ce géant, ancien champion de boxe pro.

Derek est massif, baraqué et rapide dans ses mouvements. J'ai vu comment il entraîne les types sur le ring. Là, dans son élément, on dirait qu'il brille comme un diamant. Il n'est plus que muscles puissants, luisants, la peau d'une belle couleur légèrement olive.

J'en ai l'eau à la bouche en pensant à quoi il ressemblait hier soir. Après son cours de boxe, il m'a baisée contre la porte de l'un des casiers du vestiaire ; j'avais tellement envie de lui que je ne savais plus où j'étais. Après, nous sommes rentrés à la maison, on a commandé une énorme pizza, on l'a engloutie, il n'en est rien resté et on s'est endormis sur le canapé en regardant une connerie à la télé. Au bout d'un moment, il m'a prise dans ses bras, m'a portée sur le lit, m'a enlevé mes vêtements et m'a enfilé un de ses tee-shirts avant de me serrer contre lui. Ensuite, je ne me souviens plus de rien.

Nous sommes donc le lendemain matin, devant nos drinks bien verts. Je vais foncer au boulot. Aujourd'hui, on doit élaborer un plan qui va éviter à Champ et à son club chéri de se retrouver en prison tout en trouvant un moyen d'arrêter trois criminels par la même occasion.

– Tu n'as pas encore descendu ton smoothie ? Tu attends quoi ?

Je me gratouille le nez, histoire de me donner une attitude.

– Rocky, c'est vraiment très vert et c'est visqueux quand je l'avale, je lui dis en chouinant comme une petite fille.

Je n'y peux rien. Le goût, on va dire que ça va ; la couleur, c'est pas possible ; mais la texture ?... on dirait de la morve. Beurk !

– Tu n'aimes pas ça ?

Il a l'air choqué, ce qui me surprend beaucoup.

– Toi, oui ?

– Bébé, tu es sérieuse ?

– Rocky, je pensais que tu en buvais parce que c'était pour te donner l'apport d'énergie dont tu as besoin pour ton entraînement, je lui réponds en posant mon verre. Ne me dis pas que tu aimes vraiment ça ?

Je tire la langue en faisant un petit claquement pas du tout intentionnel.

– Merde, tu n'aimes vraiment pas ça, alors pourquoi tu le bois ?

Il rigole. Sa réaction est à l'opposé de celle que j'attendais. Je me rapproche de lui et le prends dans mes bras :

– Parce que mon homme l'a préparé pour moi avec l'intention de me garder en forme et bien portante. C'est adorable de faire ça. Je ne voulais pas te jeter une gentillesse pareille à la figure, mais…

– Mais quoi ? il me demande en levant ses sourcils.

– C'est vert… je réponds en faisant la grimace. Et puis, c'est tout visqueux.

Derek éclate de rire en me serrant contre lui.

– Mais je peux t'en faire un différent. Il faut que j'arrange ce côté visqueux qui, j'en suis sûr, doit venir des blancs d'œufs crus que j'y ajoute… Je sais, je vais utiliser des protéines en poudre à la place.

J'écarquille les yeux et, je le jure, je fais tous les efforts du monde pour ne pas vomir.

– Tu as mis des œufs crus là-dedans, je lui demande en pointant du doigt l'horrible monstre vert toujours posé au bout de la table.

– Euh… ouais. Le meilleur moyen d'avoir de saines protéines, c'est de les manger. La poudre, c'est bien, mais je préfère les choses naturelles.

J'ai des haut-le-cœur.

– Si jamais tu veux encore me faire boire un truc pareil, il va falloir que tu trouves une autre recette. Un truc rouge ou rose… pourquoi pas orange ? Ça, bébé, on dirait presque de la vase verte.

Je me mords les lèvres exprès trop fort. Je cligne des yeux de façon exagérée pour qu'il comprenne que j'essaie de plaisanter et, surtout, que je ne veux pas le blesser.

Il me garde serrée contre lui et me caresse le dos. Au bout d'un moment, il pose son front contre le mien.

– Ce serait amusant d'imaginer de nouveaux mélanges. Ça changerait. Je me rends compte que je fais le même smoothie depuis des années. Maintenant que j'ai une femme à garder en forme, je dois prendre en considération ce qu'elle aime et ce qu'elle n'aime pas.

– De préférence avec des trucs non visqueux, je me permets d'ajouter.

– J'ai compris, non visqueux pour ma chérie.

Je relève la tête pour être au niveau de sa bouche :

– Merci, bébé.

– Je ferais tout ce qui est en mon pouvoir pour ma chérie, ajoute-t-il en me tapant sur les fesses. Maintenant, il faut que je t'accompagne au boulot, mais ne pense pas un seul instant que je ne vais pas avoir une petite discussion avec le shérif. Je veux également savoir l'heure précise à laquelle tu quittes le commissariat, si tu as besoin d'aller quelque part. Que tu sois avec eux ou pas, ça m'est égal. Je te dis ça pour avoir l'esprit tranquille tant qu'on est encore dans ces temps d'incertitude. Quand les choses seront revenues à la normale, ce sera différent. À ce moment-là, tu pourras reprendre ton travail comme d'habitude. Pour l'instant, j'ai besoin de savoir où tu es. Pareil pour moi, je te dis où je suis. Échanges ouverts et partagés entre nous. Deal ?

Je me fends d'un grand sourire, je suis tellement contente qu'il ait pensé à ça. Un petit check de fille, et je lui réponds :

– Deal ! Tu as préparé mes toasts ?

– Sur le plan de travail, Petites Fossettes.

Et hop !

Nouvelle tape sur les fesses quand je quitte la pièce.

À peine arrivée dans la cuisine, j'entends mon téléphone qui sonne dans la chambre. Je n'y prête pas trop attention jusqu'au moment où je vois Derek entrer dans la cuisine, mon téléphone collé à l'oreille.

– Qui je suis ? Son mec, bien sûr ! Mais, putain, vous êtes qui ?

Visiblement hors de lui, il ne parle pas, il rugit.

Oh, non ! Mon Dieu, non ! Il a réussi à avoir mon numéro. J'agite mes mains en l'air dans des mouvements qui veulent dire « arrête ça tout de suite ».

– Donne-moi ce téléphone, Derek, je dis tout bas en lui tendant une main.

C'est à son tour de lever un doigt dont la signification est claire : « Attends une minute. » Mon cœur s'emballe.

– Mon vieux, elle n'est plus ta femme. Tu as perdu ce droit quand tu as essayé de l'étrangler avant de la tabasser devant des témoins.

– Derek, je t'en prie, je lui dis en posant une main sur son dos tendu.

– Qui je suis ? (Cette, fois, il hurle.) Putain de bordel, je m'appelle Derek Layton, boxeur et champion du monde, enfoiré. Ouais, ce Layton-là. Si tu veux voir qui je suis, tu bouges ton cul jusqu'à Grant's Pass et tu viens me chercher. Mais je préfère te prévenir, rameute tes troupes, parce que mes frères, ceux du Hero's Pride, auront tous envie d'un morceau de ta gueule. Battre une femme… et l'une des nôtres en plus… putain, c'est pas vrai ! Ça tient pas debout, cette merde ? Alors, ramène-toi, connard. Je suis prêt, c'est quand tu veux. Arrangeons ça entre hommes.

*Oh, non ! Il ne manquait plus que ça.*

La peur s'infiltre dans mon corps, comme si des serpents s'emparaient de moi. Mon cœur se met à frapper fort dans ma poitrine, je suis sûre que ma température augmente et va bientôt faire bouillir mon sang sous ma peau.

– Signe les papiers du divorce, fais au moins une bonne action dans ta vie de merde et laisse-la trouver son bonheur. Non ? Dans ce cas, on se verra plus tard. Sache que plus jamais je ne laisserai Tammy sortir de mon lit, ni de mon cœur… ni de ma vie !

Nous voilà bien…

Derek est en train de creuser le trou encore plus profond. Je suis certaine que ses menaces et le ton de sa voix ne font qu'empirer la situation.

– C'est ça, ouais… je l'ai baisée tellement de fois qu'elle s'est évanouie. C'est une sauvage, ma chérie. Dommage que tu n'aies pas su la traiter comme elle le mérite, parce que, tu vois, j'ai l'intention de la vénérer jusqu'à son dernier soupir. Tu as été incapable de garder sa magnifique douceur pour ta vie entière… maintenant, c'est moi qui ai le goût de sa chatte sur ma langue toutes les nuits et qui m'endors dans l'odeur de ses cheveux en la tenant dans mes bras. (Soudain, il s'immobilise.) Me faire foutre ? Sûrement pas, c'est toi qui vas te faire foutre, gros con !

Il grogne comme un fou dans mon portable et finit par raccrocher.

Il se retourne vers moi et lâche un hurlement qui ressemble à un cri de guerre. Son cou est sous pression, ses veines gonflées. Ses yeux sombres sont remplis d'une telle haine que je marque un mouvement de recul en les voyant.

– Plus jamais il ne posera un doigt sur toi, tu peux me croire.

Ses mots sortent de sa bouche, secs et déterminés. Troublée après cette scène violente, les larmes me montent aux yeux.

– J'aurais préféré que tu n'aies pas fait ça, Derek. Tu lui as dit qui tu es, où nous habitons. Il va débarquer un jour, c'est sûr, et tu n'as pas idée du pouvoir que ce mec trimbale derrière lui…

J'en ai le ventre noué, cette fois la peur est de retour. Derek grogne toujours, il est mal, ses narines palpitent, son visage est fermé.

– Non, plus jamais il ne lèvera une main sur toi. Je te jure, j'ai trente mecs avec moi, prêts à mourir pour toi avant qu'il ait pu toucher un seul de tes jolis cheveux. Si tu m'appartiens, tu es aussi propriété du club et personne n'a le droit de faire du mal à une chérie sans s'exposer à notre vengeance.

À l'entendre, on dirait qu'il énonce un des commandements envoyés par Dieu lui-même.

– Mon chéri, on parle de Clint Hamilton, ici. Tu dois savoir qu'il est prêt à reprendre le siège de son père au Sénat. Tu sais pourquoi ? Parce que son père se présente à la prochaine élection présidentielle. Ces gens-là ont le bras long. C'est la raison pour laquelle j'ai eu tant de mal à m'en défaire. J'avais besoin de trouver la bonne preuve et le bon timing pour échapper aux griffes de Clint. J'essayais de m'en séparer depuis notre première année de mariage, dès qu'il a commencé à me battre. Au début, c'était des gifles, des coups et surtout de la violence verbale. Je me suis enfuie, il m'a retrouvée et là, ça a été différent : passage à tabac, interrogatoires permanents… et l'histoire recommençait sans cesse.

Je ne peux plus m'arrêter, j'ai besoin de parler. Il faut sortir tous les fantômes du placard avant de continuer cette relation, je ne veux pas le mettre dans une situation dont il ne pourrait plus s'échapper.

– La première fois que je suis partie au début de notre mariage, il s'est excusé, il m'a suppliée de revenir en me promettant qu'il ne me ferait plus de mal. Pendant longtemps, j'ai cru à chacun de ses mensonges. C'est qu'il avait du charme, il était capable d'être gentil, même quand il était en colère. Et puis, au cours de la quatrième année, il a perdu un procès. C'est un avocat, un très bon avocat, ce qui explique pourquoi il a des amis haut placés. Beaucoup d'hommes de loi, des juges, entre autres. C'est sans compter que son père a été un gouverneur très populaire et qu'il est maintenant sénateur.

– Bon sang, Tammy, pourquoi tu ne m'as rien dit ?

– Et ce que je suis en train de faire, tu ne vois pas ? Nous ne sommes ensemble que depuis une grosse semaine, on n'a pas vraiment eu le temps d'aborder sérieusement cette question !

– Viens près de moi, il me demande en pointant le sol devant lui.

– Je ne peux pas faire ça dans tes bras, Rocky. Je ne vais pas arriver à tout te raconter.

– Ok, bébé. Finis ton histoire.

Je le sens nerveux. Il serre les dents, son corps est raide. Je le connais, il se retient. Il n'a qu'une seule envie : foncer sur moi et me prendre dans ses bras.

– Quand il a perdu ce procès, il m'a tellement battue que j'ai dû être hospitalisée. Il m'avait cassé le bras et quelques côtes. Bien sûr, il a dit que j'étais tombée dans les escaliers alors qu'on n'en avait même pas à la maison. Mais il nous a menacées, ma sœur et moi, et donc je suis restée. Pendant longtemps, et ce malgré pas mal de séjours à l'hôpital, j'ai appris à dompter ma colère et ma rancœur devant les traitements qu'il m'infligeait. J'essayais de « contrôler » la situation du mieux que je pouvais. J'essayais tout et son contraire pour l'empêcher de péter les plombs. J'ai vite appris qu'en fait je ne contrôlais rien du tout. Il ne faisait que ce qu'il voulait avec moi malgré mes efforts pour l'éviter. Un jour, j'ai fini par appeler la police en laissant mon téléphone ouvert pour qu'ils entendent qu'il était en train de me tabasser. Ils sont venus, ils m'ont interrogée, mais Clint me forçait toujours à dire des mensonges, ce que j'ai fait. Après, il m'a laissée tranquille pendant un petit moment. Il sortait, il allait boire des coups, je n'en avais rien à foutre. Je me souviens que, chaque nuit, j'espérais qu'il se saoule la gueule au point qu'il en meure ou alors qu'il disparaisse dans un accident de voiture. J'aurais bien aimé qu'il se prenne un arbre, un réverbère ou un truc de ce genre. À ce moment-là, je ne pensais même pas qu'il pouvait tuer quelqu'un d'autre dans un tel accident. J'étais dans mon monde, je me foutais de tout. Je voulais juste le voir mort, je voulais qu'il disparaisse de ma vie.

– Bébé…

Je ravale ma rage malgré les larmes qui coulent sur mon visage :

– Ce mec a démoli mon assurance, ma dignité et mes rêves de vie heureuse. Mon boulot à la police et ma sœur ont été les seules raisons pour lesquelles je n'ai pas fait le grand plongeon. Plus d'une fois j'y ai pensé, mais je ne ferais jamais ça, ma sœur a trop besoin de moi.

– Arrête, bébé, tu me fais trop mal.

Au ton de sa voix, je sais que Derek est touché par mon histoire. Mais je continue :

– Nos parents sont morts quand j'avais dix-huit ans, ma sœur en avait seize. J'ai dû m'occuper d'elle. Elle est toujours en Californie où elle poursuit ses études d'infirmière. On n'a pas d'autre famille. Tu as une petite idée de ce que ça veut dire pour moi d'avoir pris la décision de venir ici ? D'avoir quitté la seule famille qui me reste ? Chaque jour qui passe, j'ai tellement mal au cœur d'être éloignée d'elle !

– Bébé, on va la faire venir ici, je te le promets.

– C'est plus dangereux pour moi d'être près d'elle que de vivre éloignée. Il laisse ma sœur tranquille si je ne suis pas avec elle.

– Merde ! Je vais arranger ça. Je vais tout faire pour que tu puisses retrouver une vie normale avec toute ta famille : ta sœur, moi et le club. Je te jure que je vais y arriver.

– Si tu peux faire ça…

Ma voix chevrote, j'ai l'impression qu'on est en train de vivre un tremblement de terre dont nous serions l'épicentre.

– … je t'en serai éternellement reconnaissante.

Cette fois, il n'en peut plus, il se précipite sur moi, me soulève et me prend dans ses bras. Je lui encercle la taille avec mes jambes, puis il m'emmène jusqu'au canapé où, comme d'habitude, je m'installe à califourchon sur son corps tout chaud. Un instant, je reste immobile, il en profite pour enfouir sa tête dans le creux de mon cou.

– Je n'aime pas du tout ce que je viens d'entendre, bébé. Je déteste ta vie d'avant, mais c'est du passé. C'est fini tout ça. On va tourner la page.

Il pose ses mains sur mon visage et le relève doucement. Je pleure tellement que mes larmes coulent sur ses doigts pendant qu'il me regarde.

– Plus jamais tu n'auras peur. Ma vie sera ton bouclier.

J'en frémis rien que de l'entendre.

– Justement, là encore, j'ai peur. J'ai peur de te perdre, Derek. De perdre la vie que tu m'as déjà donnée. De perdre l'avenir dont j'ai tellement envie avec toi et le club.

– Je ferai tout ce qui en mon pouvoir pour rendre ce rêve possible. Rien ni personne ne pourra t'éloigner de moi. Je ne perdrai pas une autre femme à cause d'une nouvelle tragédie.

Je renifle tout en m'essuyant les yeux et je réalise tout à coup qu'il ne m'a jamais parlé de cette tragédie à laquelle il fait référence.

– Quelle tragédie ?

Soudain, il s'immobilise :

– Une autre fois. Pour le moment, on a un paquet de trucs à régler. Je dois mettre le club au courant à propos de ton ex, de son père et de leurs liens avec le gouvernement.

– Ok, chéri.

Je comprends bien ce qu'il me dit, mais j'ai du mal à reprendre mes esprits, ma respiration est encore lourde. J'essaie de calmer les émotions qui s'agitent en moi.

– Je vais faire un peu de rangement, je lui dis pour me donner une contenance.

Il acquiesce, mais me retient près de lui. Puis il me donne un long baiser généreux. Nous prenons le temps de nous amuser avec nos langues, nos lèvres et nos dents… je sens les tensions lentement s'apaiser dans mon corps et, peu à peu, je deviens comme liquide dans ses bras.

Décidément, les baisers de Derek ont bien des pouvoirs…

– Tu te sens mieux ?

Je lui fais signe que oui, lui donne un petit bécot, je me relève et me dirige vers la salle de bains.

– Je t'aime, ma Tammy, je l'entends dire de loin.

– Moi aussi, je t'aime, Derek.

Il a dit qu'on allait résoudre tous les problèmes… Pendant que je me débarbouille, je prie tous les saints du ciel et de la terre que ce qu'il dit finisse par arriver.

* * *

Le shérif nous accueille devant le commissariat au moment où nous arrivons. Une fois sorti de ma petite Hellcat chérie, que Derek a conduite à ma place, il m'accompagne pour dire bonjour au shérif Conway.

– Conway, j'attends de vous que vous gardiez un œil sur ma femme. Surtout, ne la laissez jamais seule.

Étonné par la requête de Derek, le shérif lève les sourcils, penche la tête et disparaît derrière son couvre-chef, style chapeau de cow-boy.

– Je suis certain que Madame Hamilton est capable de se gérer toute seule, Champ.

Aïe ! ce n'est pas la bonne réponse…

Immédiatement, Derek m'attrape par la main et commence à revenir vers la Hellcat.

– Champ, ça suffit. Ne t'inquiète pas pour moi, tout va bien se passer.

En jetant un coup d'œil autour de moi, je m'aperçois que des gens nous observent. Je me dégage et fais le show en embrassant mon homme ostensiblement. Une fois la démonstration terminée, je reste tout près de lui.

– Je vais très bien me débrouiller, arrête de t'inquiéter, je lui dis tout bas en sortant mon portable de ma poche. (Je l'agite devant lui et poursuis.) Je t'envoie un petit texto toutes les heures, comme promis et aussi quand j'aurai besoin que tu viennes me chercher. On est d'accord ?

Il jette un œil sur le shérif et grogne un petit ok dans sa barbe. Ensuite, il s'adresse à lui en le pointant du doigt :

– Si jamais il lui arrive quelque chose, je me fous des lois, je vous traque où que vous soyez.

– Je vais mettre vos propos sur le compte du chagrin, vous ne voudriez tout de même pas menacer un représentant de l'autorité publique, Monsieur Layton.

– C'est une putain de promesse que je vous fais, shérif, et vous savez que le Pride sait tenir ses promesses.

– Tu parles, je ne vois pas ce qui peut lui arriver, murmure M. Conway, très agacé.

– Allez-y, je veux m'assurer qu'elle rentre bien à l'abri.

Je lève les yeux au ciel et joue encore le rôle de la chérie passionnée en l'embrassant une dernière fois. Puis je passe devant le shérif l'air de rien et monte les marches du commissariat.

Conway me suit de près, passe devant, m'ouvre la porte et me dirige vers la salle de réunion qui se trouve au fond. Tout autour, les fenêtres sont obstruées par des stores, une grande table en bois à moitié cassée occupe le milieu, avec quelques chaises de-ci, de-là. Les trois autres adjoints sont déjà assis. Au mur est accroché un grand panneau blanc où sont disposées photos et emplacements de chaque attaque ; de grandes lignes les relient par ordre d'importance. Des connexions qu'ils ont dû faire d'après ce qu'ils savent jusqu'à présent. Je leur fais signe en entrant :

– Salut, les mecs !

– Bonjour, agent Hamilton.

Ils me saluent tous, mais je ne loupe rien du regard qu'ils jettent sur moi en me scannant de haut en bas. Je laisse filer. Les nanas à bikers s'habillent sexy, c'est comme ça. C'est la première fois de ma vie que je m'autorise un tel écart dans mes habitudes vestimentaires. Et c'est vrai, aujourd'hui, j'ai un peu forcé le trait. Champ aime me voir dans mes jeans moulants, mes hauts à encolure échancrée et mes bottes sport ; mes cheveux bien lissés, avec les mèches un peu en bataille, mais mises là où je veux ; un maquillage d'enfer et des bijoux en argent partout. J'adore ce look et j'y vais à fond chaque fois que je le peux.

– Ah, ce Champ ! C'est un frère sur qui on peut compter. Vous auriez dû le voir tout à l'heure. Il joue son rôle à la perfection. Je pense qu'on vous doit ça ; bravo, agent Hamilton.

– Hum... je vais aller droit au but et tout vous dire avant de commencer. Champ ne joue pas. On sort ensemble dans tous les sens du terme. Si c'est un problème et que vous avez besoin de me retirer de l'enquête, je serai déçue, mais je peux comprendre. Malgré tout, je pense que ce serait imprudent, vu les affaires que nous avons sur les bras : un homme assassiné, une tentative de meurtre, un vol de voiture, une agression sexuelle, attaque de personne, cambriolage, vandalisme... et je ne parle pas des voies de fait et tentatives de prise d'otage sur les jeunes.

– Merde ! s'exclame le shérif Conway en jetant son chapeau sur la table de réunion. Vous n'êtes pas en train de nous dire que vous êtes devenue officiellement la chérie de Derek Champ Layton ? Ce n'est pas possible, je rêve ?

J'esquisse un sourire gêné en hochant de la tête.

– Je lui envoie un texto pour lui dire de venir me chercher tout de suite ? Je suis sûre qu'il sera ravi. Ou alors on s'occupe de remettre quelques assassins à leur place. On pourrait peut-être aussi aider la brigade des stups en faisant avancer leur enquête sur les cartels, parce qu'il m'est venu une idée, un plan que le club ne va pas aimer, mais qui peut nous apporter les infos dont nous avons besoin.

Pendant quelques instants, un silence de mort s'abat sur la salle de réunion. On pourrait presque entendre la sueur couler sur le visage de l'un des assistants. Il fait chaud dans cette pièce et la tension est à son maximum.

– Personnellement, je suis pour la garder. Elle est la seule de nous en connexion directe avec le Pride, dit l'un des assistants.

– Je suis d'accord. On a besoin d'elle et, en plus, elle vient de nous prouver qu'elle peut prendre en charge un homme comme Champ... Qui serait capable d'un tel risque ? dit un autre.

– J'ai mes réticences, mais j'aimerais entendre son plan, ajoute le dernier assistant avec un petit sourire entendu.

– Désolé, agent Hamilton. Ne le prenez pas mal, mais tout ça prend un tour trop personnel. Je les ai vus péter les plombs pour beaucoup moins que ça.

Je n'ai plus qu'à me taire. Je me contente donc de leur faire un signe de tête en guise de réponse.

– J'ai bien peur de regretter cette décision autant que de vous voir quitter ce job. Racontez-nous votre plan, parce que, pour l'instant, on est plutôt dans le brouillard, on ne sait plus quoi faire pour retrouver ces types.

Je tire une chaise et m'assois parmi eux :

– Avant toute chose, on a besoin de comprendre pourquoi ils font ce qu'ils font.

Et je leur raconte toute l'histoire que j'ai apprise hier.

– Si j'ai bien compris, maintenant, les types du Hell's Pride sont à la recherche de cette fille, Jess. Ils veulent savoir si elle a toujours la drogue pour quoi ? La rendre ? me demande le shérif en se moquant de moi.

Il n'a pas tort.

– Honnêtement, je ne connais pas encore les détails de ce qu'ils comptent faire. Mais mon plan va plus loin. À mon avis, on n'a pas besoin de Jess, il faut juste que nos criminels « pensent » qu'on a réussi à l'attraper. C'est là où je vais mettre un sweat à capuche et servir d'appât. Quand ils vont s'approcher de moi, vous quatre n'aurez plus qu'à les coincer.

Le shérif Conway passe une main sur son visage, l'air pensif :

– Ça ne va pas marcher.

– Et pourquoi ?

– Parce que si vous êtes vraiment la chérie de Champ, il ne vous laissera jamais faire un truc pareil. Ces frères deviennent dingues quand il s'agit de leurs femmes, ce sont un peu des hommes des cavernes, si vous voulez mon avis.

En l'entendant dire une horreur pareille, j'ai les poils qui se hérissent et je bondis de ma chaise :

– Écoutez, agent Hamilton, vous avez vu comme moi son comportement, pour le moins étrange, de tout à l'heure quand il vous a laissée. Ici, au commissariat. Ces types n'ont confiance en personne quand il s'agit de leurs femmes. Comment pensez-vous réussir à lui faire admettre que vous allez servir d'appât à trois hommes qui ont prouvé qu'ils étaient extrêmement dangereux, le genre qui n'hésite pas à tirer d'abord et poser des questions ensuite ?

Je commence à faire les cent pas en passant en revue dans ma tête toutes les options possibles, les unes après les autres.

– En fait, je n'ai aucune intention de raconter à Champ que j'ai décidé de servir d'appât moi-même Je pensais plutôt lui demander de me déposer ici, comme il l'a fait aujourd'hui. À nous ensuite de mettre notre plan à exécution..

Le shérif dodeline toujours de la tête, il n'a pas l'air d'accord. L'un des assistants lâche un sifflement dubitatif :

– Le club va être furieux.

– C'est mon boulot, je leur réponds, les mains sur les hanches. Si je suis maintenant une chérie du Pride, ça ne change rien au fait que je suis dans la police depuis dix ans. J'ai fait la taupe – souvent avec succès, je dois ajouter – et, regardons la vérité en face… je suis la seule à pouvoir vous sortir de là.

L'un des assistants a l'air de me suivre, mais il tape un grand coup sur la table :

– Et quelle partie du plan détaille comment on va les attirer hors de leur cachette, parce que si on n'arrive pas à les trouver, si le Pride n'arrive pas à les trouver, si les interminables tours à moto dans la ville ne servent à rien… comment allez-vous vous y prendre ?

Il termine en pointant un doigt accusateur dans ma direction.

– Facile, je réponds, légèrement suffisante. Sans dire qui je suis, je vais appeler Skull, le président des Devil's Riders. Je vais lui raconter que j'ai retrouvé Jess et que je sais où elle se cache… en lui précisant qu'il devra s'y rendre le soir même. Comme il n'aura pas le temps d'y aller lui-même, il va falloir qu'il prenne contact avec ses gars dans la région. C'est eux qui vont aller à cet endroit que nous aurons choisi nous-mêmes auparavant, vous me suivez ? Ils vont penser que je suis Jess et vont sortir du bois, toutes armes dehors. À ce moment-là, vous intervenez, et le tour est joué !

– Voyez-vous ça !

Dans le regard du shérif qui croise le mien, je ne vois plus que respect et camaraderie.

– Voilà qui pourrait parfaitement fonctionner, il ajoute.

Une certaine fierté et un sentiment de satisfaction m'envahissent tout à coup.

– À mon avis, il faut y aller, dit l'un des assistants, visiblement d'accord.

Les deux autres se contentent de faire un check.

Moi, j'ai le sourire aux lèvres. Je m'installe plus confortablement sur ma chaise et j'attrape un bloc-notes pour commencer à détailler le déroulé des opérations.

– Allez, c'est parti…

# Chapitre 9

# Champ

J'arrive à moto au club-house après une journée à la gym et quelques combats avec les gars sur le ring. Ensuite, je frappe le sac d'entraînement jusqu'à épuisement. J'attrape mon portable dans mon gilet de cuir et prends connaissance du dernier texto de Tammy.

**Rentre plus tard ce soir. Genre 7 ou 8. On a un bon plan. On travaille dessus au commissariat. Autre texto suit. Je t'aime, mon Derek.**

J'ai beau le relire, je le trouve un peu bizarre. Il est maintenant six heures du soir et quelque chose me dit que ça ne va pas. Mes poils se hérissent, j'ai des frissons dans le dos, ma peau devient hypersensible, j'ai l'impression d'être une pile électrique. La dernière fois que j'ai eu ce genre de pressentiment, j'étais sur le ring pour mon dernier combat…

*Le brouhaha à l'intérieur de l'aréna avait fini par se taire. On n'entendait plus que le bruit sonore de ma respiration qui allait et venait comme des vagues.*

*Par pur automatisme, mes pieds bondissaient d'un côté à l'autre alors que je dessinais des cercles autour de mon adversaire, Daniel Le Destructeur Johnson. Il était supposé être « LE » nouveau garçon qui montait. Chacun de notre côté, nous avions fait nos combats du circuit et mis K.-O. tous nos adversaires ; il ne restait plus que nous deux. Ce combat allait décider du grand vainqueur. La ceinture du WBC, The World Boxing Council*[12]*, était ce que tous les combattants essayaient de gagner. Si je remportais le combat ce soir-là, je gagnais ma première ceinture WBC et, du coup, je rentrais dans le panthéon des plus grands boxeurs de tous les temps.*

12 Conseil mondial de la boxe.

*Je me souviens d'avoir regardé Le Destructeur droit dans ses yeux bleu acier. Il avait juste deux ans de moins que moi. Plus vert que moi peut-être, mais j'étais super-bon. Mes côtes me faisaient mal après tous les coups qu'il m'avait assénés. J'avais une joue éclatée et du sang coulait sur mon visage. Mes quadriceps brûlaient comme l'enfer et ma vision se brouillait. On en était au dixième round. J'avais pourtant l'habitude de me débarrasser de mes adversaires en moins de six ; en tout cas, jamais plus de huit.*

*Aucun doute, Le Destructeur était un adversaire de taille. Mais, au fond de moi, je savais que j'étais le meilleur.*

*Je lui avais déjà donné pas mal de coups sévères sur le visage, les côtes, le ventre et le sternum. Je savais à ce moment-là que je n'avais plus qu'à lui envoyer un dernier coup pour le mettre par terre. Je n'en doutais pas une seconde.*

*Une terrible fatigue m'a envahi peu à peu, j'ai fini par trébucher et Le Destructeur en a profité pour me mettre un coup si violent dans les côtes que j'ai entendu mes os casser net.*

*J'ai hurlé en le repoussant ; à son tour, il a trébuché. La douleur ne faisant qu'augmenter ma rage, je me suis précipité sur lui, j'ai levé mon bras droit, bien centré ma cible et j'ai laissé mon poing partir tout seul.*

*De ma vie, je n'avais jamais frappé si fort.*

*Ce fut aussi le dernier coup de ma carrière de boxeur pro.*

*Soudain, on n'a plus vu que le blanc des yeux du Destructeur… et puis il s'est écroulé sur le tapis comme si on avait jeté une pierre du haut d'une falaise. Son corps a touché le sol dans un bruit atroce qui a percuté mes oreilles. Un bruit que je n'oublierai jamais de ma vie.*

*Je suis resté à tituber de mon côté pendant que l'arbitre frappait le tapis… chaque coup de sa main me rapprochait de la victoire. Au lieu de se lever et de venir prendre ma main pour la soulever en l'air, je voyais qu'il donnait des gifles sur le visage du Destructeur et puis, il a fait signe au médecin qui était au premier rang.*

*Ensuite, quelqu'un a pris le micro, le speaker a hurlé mon nom et la foule s'est déchaînée. On applaudissait à tout rompre ; moi, j'avais les yeux fixés sur mon adversaire, sa poitrine ne bougeait plus. Le médecin a commencé à lui faire un massage cardiaque, mais ils ont fini par mettre le corps sans vie du gars sur une civière et ils l'ont rapidement emmené dans les vestiaires.*

*Une heure plus tard, j'ai su par les médecins du circuit qu'il était décédé. Il est mort avant même qu'on ait pu le mettre dans une ambulance pour le transporter à l'hôpital.*

*L'autopsie a révélé une hémorragie cérébrale.*

*Et voilà comment j'ai tué un homme sur le ring.*

*Après ce drame, plus jamais ma vie n'a été la même.*

– Salut, frérot, ça boume ? Elle est où, Petites Fossettes ? me demande Rex quand je descends de ma moto.

Nous marchons tous les deux vers le club-house ; à chaque pas que je fais, je frissonne en essayant d'évacuer les souvenirs de mon dernier combat.

– Au boulot, je grogne en ne laissant rien paraître de mes pensées.

– Ah ? Elle t'a parlé du plan sur lequel ils travaillent ? il me demande en se dirigeant tout de suite vers le bar.

– Nan, vieux, et ça me rend un peu nerveux.

Rex ronchonne en attrapant un tabouret en même temps que moi.

C'est Brandon, l'un des aspirants du club, qui est derrière le bar. On a l'impression qu'il ne l'a pas quitté depuis qu'il a perdu son copain. Il est comme coincé, collé dans le club-house depuis la mort de Jay.

– Bière ! je demande en m'asseyant.

Brandon acquiesce sans dire un mot ; il se contente d'attraper une bière glacée dans le frigidaire du bas, retire la capsule et pose la bouteille devant moi. Il se souvient toujours de la marque que je préfère, je suis sûr qu'il a observé comment Jay avait l'habitude de nous servir. Ce garçon n'oubliait jamais quelle était la boisson préférée de chacun.

En attrapant ma bière, une bouffée de chagrin fait courir des frissons dans mon dos, je pointe mon menton vers Brandon pour le remercier et descends la moitié de la bouteille en un seul coup.

– Merde, y'a un truc qui ne va pas, Champ ? Allez, raconte, frère, me dit Rex en s'asseyant à côté de moi, les jambes écartées sur son tabouret.

Rex est comme ça, quand il vous parle, il vous donne toute son attention. Dès qu'un frère a un problème, il sait l'écouter. On a vraiment beaucoup de chance d'avoir un vice-président comme lui. Quand on a perdu l'ancien dans un accident de moto, on a beaucoup hésité. Tout le monde l'aimait beaucoup ; dans un sens, il était irremplaçable. Personne, dans la hiérarchie, ne voulait prendre sa place jusqu'au jour où Rex est arrivé, venant d'un club frère. Il ne l'a pas vraiment remplacé, mais il a su prendre sa position de chef, ce dont nous avions besoin. Depuis, on est tous ravis de l'avoir à nos côtés.

– Y'a un truc qui cloche.

Il me donne un petit coup de coude.

– Explique.

Tout en gardant ma bière dans la bouche pour bien profiter de son goût, je sors mon portable et relis le message de ma chérie.

– Tammy va travailler tard.

– Et ?

Il hausse les épaules, l'air surpris que je m'en inquiète, et commence, lui aussi, à boire sa bière par petites gorgées.

– Ah… je ne sais pas, mon frère…

Je relis son message et le montre à Rex qui prend un air de plus en plus étonné :

– Elle te dit toujours « je t'aime » comme ça ? Comme si c'était important que tu le lises en toutes lettres, avec ton nom après et tout ce qui va avec ? Pas de raccourcis ?

Merde…

Vite, j'affiche ses autres messages et j'en lis quelques-uns.

**Quel genre de sandwich tu as prévu de faire ce soir ? Biz.**

Celui-là date d'avant. Quand nous n'étions pas encore intimes. D'un geste du pouce, je passe à ceux d'hier.

**14h. tt va bien. T'aim.**

**15h. T'es autoritaire. T'aim.**

**Ridicule. Suis en sécurité. T'aim mais en pétard. Biz.**

**Ugh ! Cool. Sécurité. Tu me dois un sandwich. T'aim. Biz.**

Putain, c'est vrai, aucun de ses messages ne se termine par : « Je t'aime mon Derek » !

– Merde ! Putain de bordel, Merde ! Elle me cache quelque chose, sinon, pourquoi se serait-elle donné la peine de taper ce « Je t'aime mon Derek » ? Pourquoi aurait-elle écrit mon nom, et en toutes lettres qui plus est, si ce n'est pour me signifier, de façon à peine cachée, qu'un truc moche va arriver ?

Je cherche son numéro et l'appelle tout de suite. Ça sonne, ça sonne, et je tombe sur la boîte vocale. Pas de message personnalisé au cas où son gros con d'ex appellerait. J'essaie un deuxième coup ; cette fois, c'est mon portable qui sonne : numéro inconnu.

Je commence à paniquer, j'ai une grosse boule dans le ventre et mon cœur bat fort quand je décroche.

– Hum… Champ ? Très bien… Ok, dit la voix hésitante d'une femme. Je… euh… je m'appelle Michelle White.

– Et ?

Je ne dois pas avoir l'air très aimable, je n'avais aucune envie de prendre cet appel, la seule chose que je veux, c'est joindre ma femme.

– Je suis la sœur de Tammy.

Merde alors…

– Euh… Ouais…

Je colle le téléphone plus près de mon oreille, elle poursuit :

– Tammy m'a donné votre numéro en cas d'urgence. Et… justement… euh… je suis un peu inquiète, ça va vous paraître idiot, mais, je me suis dit qu'il valait mieux avoir l'air idiote et se tromper plutôt que de ne rien faire en pensant que ce n'est pas grave.

Mon Dieu, qu'est-ce qui se passe…

– Tu as bien fait. Dis-moi juste pourquoi tu appelles. Rien de ce que tu peux dire n'est stupide si ça concerne ma chérie.

– Votre chérie ? je l'entends murmurer, je suis sûre que Tammy aimerait bien entendre ces mots-là dans votre bouche !

Je commence à m'impatienter :

– Michelle, vite, la raison de ton appel.

Elle attend encore un moment…

Je jure que je tiens mon portable tellement serré dans ma main que, si elle abuse encore de ma patience, la coque en plastique va voler en éclats.

– J'ai reçu un texto un peu étrange de Tammy et quand j'ai essayé de l'appeler, je suis tombée sur son répondeur. J'ai réessayé plusieurs fois depuis une heure, mais rien. Et puis, j'ai reçu un appel d'une de mes amies qui connaît… euh… Clint très bien.

– Et ?

Je n'en peux plus d'attendre une vraie info.

– Et mon amie m'a dit que Clint était sorti du tribunal comme un dératé en bredouillant quelque chose qui a un rapport avec l'Oregon. Il a dit qu'il voulait y aller pour récupérer sa femme. Et Clint vous savez, euh… Monsieur Champ, c'est un… sale type.

J'entends dans sa voix qu'elle est loin d'être rassurée.

– Je connais l'histoire qu'elle a eue avec son fils de p… de mari. Je suis prêt à gérer ce qui peut arriver, mais qu'est-ce qu'elle a dit dans son texto qui t'a fait si peur ?

Soudain, je l'entends éclater en sanglots… Cette fois, j'ai l'impression que mon cœur tombe comme une ancre au fond de l'océan.

– Ok, Michelle, calme-toi, je vais m'occuper de ça. Dis-moi juste ce que ça dit.

– O… O… Ok. Euh…

Je l'entends qui renifle, sa voix flanche sous l'effet de l'émotion. Elle finit par me lire ces mots qui me retournent l'estomac et me mettent totalement en pièces :

– Chelle, je t'aime plus que la vie elle-même. Je veux que tes rêves soient grands et que jamais tu n'arrêtes de courir après eux pour que la vie te donne tout ce que tu en attends. Ne te contente jamais de peu. J'ai la chance maintenant d'avoir ce qu'il y a de mieux et je sais, enfin, ce que poser ses bagages veut dire. Ne renouvelle pas mes erreurs. Ne vis pas dans la crainte et la peur. Trouve un homme qui te traite comme un bijou précieux, parce que c'est exactement ce que tu es. Je t'aimerai jusqu'à mon dernier soupir, et même bien au-delà. N'oublie jamais ça. Jamais. Ta grande sœur, Tammy.

Elle sanglote comme une enfant en me lisant les derniers mots. Mon seul réflexe est de serrer les poings, j'ai tellement envie de cogner dans quelque chose… dans n'importe quoi. Je jette alors un œil sur Rex :

– Cette fois, Tammy est allée jusqu'au bout. Elle s'est mise en danger, je lui annonce gravement. Réunis les frères. Mettons-nous en route ! Allons-y tout de suite !

Rex me fait juste un petit oui de la tête. Sans attendre et en silence, lui et Brandon se séparent et vont chercher les frères les uns après les autres.

– Écoute-moi bien, Michelle, je vais retrouver ta sœur vivante, je te le jure, et, quand j'aurai mis la main sur elle, il y a deux choses que je ferai : un, je la protégerai moi-même, et pour toujours ; deux, je vais lui tanner le cul jusqu'à ce qu'elle comprenne une bonne fois pour toutes qu'elle n'a plus le droit de se mettre en danger. Tu m'as bien entendu ?

– Oh, merci Monsieur Champ, merci tellement ! Vous savez, ma sœur, c'est toute ma vie. Je n'ai plus qu'elle aujourd'hui.

– Pas d'inquiétude ! Comme je te l'ai dit, je m'en occupe. Quand tout ça sera terminé, on va te rapatrier ici et on te trouvera un poste d'infirmière si tu veux rester près de ta sœur.

– Bien sûr que je le veux ! Je veux vivre là où elle vit ! S'il vous plaît ! S'il vous plaît ! Retrouvez-la… et sauvez-la des griffes de Clint !

Ses suppliques me touchent, j'ai le cœur brisé en pensant à ces deux femmes qui vivent depuis si longtemps dans un état de peur permanente à cause de cette merde de Clint.

En réalité, ce mec est le cadet de mes soucis, mais, évidemment, je ne peux pas dire un truc pareil à la gamine. À l'évidence, elle ne sait pas que si Tammy lui a envoyé ce message qui ressemble à une lettre d'adieu, c'est que nous avons à régler un problème bien plus important que celui que nous cause ce gros nul qui battait sa femme en Californie. Si on lit entre les lignes, on comprend que Tammy a décidé de se mettre en danger à cause du club, à cause de Jay… à cause de moi.

*Putain de bordel !*

Cette fois, je suis bien décidé à lui botter le cul jusqu'à ce qu'il devienne tout rouge ! Après le lui avoir sauvé, va sans dire.

Pour le moment, la priorité, c'est de la retrouver.

* * *

Les hommes sont sur la route. Riot est dans tous ses états, mais ne laisse rien paraître, toujours fier sur sa moto à la tête de la fratrie. Rex roule à sa droite, un bandana sur la bouche et le nez. D'habitude, Tank, en tant que sergent d'armes, roule à sa gauche, mais dans le cas présent, comme c'est ma femme qui est danger, c'est mon devoir de conduire à côté de mon président. Le combat qui nous attend, c'est le mien ; c'est ma chérie que nous partons tous sauver.

Allez, tous en enfer !

Quand nous faisons un arrêt au commissariat, on se croirait dans une ville fantôme : ni véhicules d'assistants ni le 4x4 de patrouille du shérif sur le parking. Tout est désert. Ça ne sent pas bon. Des picotements me parcourent le corps, un mauvais pressentiment m'envahit. Je regarde attentivement les frères, la colère s'échappe par vagues de mon corps et se répand sur eux comme un courant électrique.

Riot lève haut la main et prend son téléphone.

– C'est Shadow, me dit-il en mettant son portable à l'oreille.

Je demande aux hommes de se rapprocher. Tiens, c'est vrai, Shadow n'est pas avec nous. Maintenant que j'y pense, je réalise que je ne l'ai pas vu depuis avant-hier, quand il est parti avec Whip je ne sais pas où.

En revanche, Whip est là. Impassible, sombre, serrant son guidon comme un dingue, l'air renfrogné, en parfait accord avec son visage mal rasé. Étrange, lui qui d'habitude est toujours rasé de près, vu que sa chérie et néanmoins épouse, Anya, le préfère comme ça. Aujourd'hui, on dirait qu'il a laissé pousser sa barbe depuis plusieurs jours.

– Où ça ? (Riot marmonne entre ses dents.) Tu te fous de ma gueule ? Un piège ? Mais putain, à quoi cette femme et le shérif pensent-ils ? Moi, je vais mettre le cul de ce Conway en charpie quand tout ça sera fini, c'est moi qui te le dis !

– Quoi ?

Je brûle d'impatience de savoir ce que Shadow a à nous dire. Le regard vert de Riot croise rapidement le mien, mais il ne raccroche pas.

– On est là dans vingt minutes.

Je n'en peux plus d'attendre.

– Non, oublie, dans un quart d'heure. Garde un œil sur Tammy. Les autres, je m'en fous. Ne quitte pas la femme de Champ des yeux, tu m'entends ?

Sa voix sonne comme un ordre. Il presse un doigt sur son portable et le remet dans sa poche.

– J'ai comme l'impression que ta femme et le bureau du shérif ont fait bande à part. Apparemment, ils ont attiré les aspirants dans un piège de leur invention. Ils ne sont pas très loin, à côté de l'autoroute, dans une usine abandonnée. La police est cachée, deux d'entre eux pas très bien, d'après ce que j'ai compris, et Tammy joue le rôle de Jess. Pour le moment, elle attend que les aspirants montrent le bout de leur nez avec un gros sac plein de paquets de farine emballée.

– Comment Shadow peut savoir ça ?

– Mon frère, tu ne penses tout de même pas que j'ai laissé ta femme sans surveillance armée après ce qui est arrivé à Mags et à Jay ? Je savais qu'ils finiraient par la poursuivre d'une façon ou d'une autre. Elle est l'une des dernières chéries les plus exposées. Tu sais, Shadow, c'est mon assurance vie, et tant mieux ! Je sais qu'il est là, avec son 45, prêt à trouer la peau de n'importe quel homme qui pourrait s'approcher d'elle. Allez, maintenant, il ne nous reste plus que treize minutes ! Pourvu qu'on arrive là-bas avant les Devil's Riders ! Allons-y, les gars, en route !

Il donne un grand coup d'accélérateur.

Et on y va à fond.

Aussi vite que peuvent nous porter nos roues sur l'autoroute avant d'arriver près de cette vieille usine de sucre qui a fermé il y a quelques années. Le lieu est parfait pour un guet-apens. Rien dans le voisinage, loin des routes fréquentées. C'est exactement l'endroit que j'aurais choisi si on m'avait consulté. Mais, dans ce cas, je n'aurais surtout pas voulu que ma Tammy serve d'appât à cette mise en scène, en aucun cas !

Arrivés à huit cents mètres de là, on remarque des traces de pneus, de voitures et de bikes mélangées… Merde, ils sont déjà là !

La moitié d'entre nous partons à pied ; cachée en arrière, l'autre moitié attendra un appel de Tank pour se déployer si besoin est. On ne veut pas les provoquer ni prendre le risque de voir ces voyous tirer les premiers avant de pouvoir aider la police

Je cours plus vite que je ne l'ai jamais fait de ma vie, revolver à la main, le cran de sécurité toujours mis, mais prêt à l'attaque. Tous les membres du club ont une licence de port d'armes. Normalement, personne n'a jamais besoin d'en porter, mais ce soir c'est différent.

Au moment où j'aperçois l'usine, je ressens comme un soulagement. Les gars se divisent instantanément en deux groupes, chacun allant de son côté pour trouver la bonne position. Sauf Riot, Rex, Tank et moi qui approchons du bâtiment devant lequel attendent trois motos.

Mais elles ne sont pas les seules.

Mal garée sur le côté, comme si quelqu'un était arrivé précipitamment, il y a aussi une Porsche 911 GT3 noire. Je n'y prête pas plus attention que ça, trop occupé à suivre mon président qui entre dans l'usine. La tension monte d'un cran, mon cœur frappe fort dans ma poitrine. Les quatre que nous sommes n'essayons ni de nous cacher ni d'être discrets. Au contraire, nous cherchons à provoquer la confrontation, même si, au fond de moi, je me demande si cette mise en scène est un bon choix.

Ce que nous découvrons dépasse l'entendement.

Retenue par le bras d'un mec qui lui barre la poitrine, je découvre Tammy, une arme pointée sur sa tempe par un type qui porte un tatouage en forme de serpent sur l'avant-bras. Un autre mec, dont les cheveux blonds sont ramassés en queue-de-cheval, tient son arme sur la nuque d'un homme vêtu d'un costume gris qui est à genoux devant lui. Heureusement, aucun policier en vue.

– C'est quoi ce bordel ! s'écrie le troisième homme en pointant son arme en direction de Riot qui lève les mains sans se faire prier.

– Holà ! On se calme, pas la peine de crier ! J'ai l'impression qu'on a un problème à régler, répond-il sans s'énerver.

Sans attendre, j'enlève le cran de sécurité de mon flingue en le gardant contre ma jambe, pointé vers le sol.

– Derek, je suis désolée…

L'excuse sort difficilement de la bouche de ma femme. L'homme qui la tient la bouscule et lui demande de la fermer.

Je regarde ses yeux remplis de douleur et de peur. Tout de suite, je me rends compte que ce regard et la situation dans laquelle nous sommes vont venir habiter mes cauchemars pour les années à venir. J'espère seulement, qu'à ce moment-là, elle sera profondément endormie à mes côtés, pas enterrée six pieds sous terre.

– Je crois que vous retenez quelque chose qui nous appartient, dit Riot en continuant à jouer son rôle.

– Et cette salope prétend qu'elle a un truc à nous. Elle a menti, maintenant elle va payer, vous allez tous payer, hurle le type qui appuie plus fort son arme contre la tête de Tammy.

Elle gémit.

– Elle n'a pas la marchandise, c'est nous qui l'avons, dit calmement Riot.

J'ai le cœur qui bat, je sais qu'il bluffe. Ce n'est pas vrai, on ne l'a pas, cette merde. Jess reste introuvable. Personne n'a pu mettre la main sur elle et donc sur la marchandise qu'elle aurait volée.

– Écoutez-moi, Messieurs, intervient tout à coup l'homme en costume, les mains bien en l'air en signe de soumission. Je suis sûr qu'on peut trouver un terrain d'entente. Une solution est possible. Je suis un homme très riche. Mon père est un homme très riche…

Et là, je comprends que c'est cette ordure de Clint.

– Ferme-la ! grogne le blond à la queue-de-cheval qui se positionne devant lui en pointant maintenant son arme droit sur sa figure.

Stupidement, Clint essaie vaguement de se relever. Tout de suite, le blond le remet brutalement à sa place. Ce qui n'empêche pas ce connard de continuer :

– Vous ne savez pas qui je suis, il ajoute en regardant Tammy, cette fille est ma femme. C'est aussi un agent infiltré et…

À la seconde où je l'entends dire ça, je lève mon arme.

– Putain, la police ! hurle le blond.

Sans réfléchir, le blond lève son arme à son tour et tire sur Clint en pleine figure. Qui s'écroule en tombant en arrière. Sa cervelle et son sang s'étalent sur le ciment autour de lui.

En voyant ça, Tammy pousse un cri. Les policiers, invisibles jusque-là, sortent de leurs cachettes et des coups de feu partent dans toutes les directions.

Après, c'est l'enfer.

Je vois, horrifié, que l'homme qui tenait Tammy l'a plaquée par terre. Par deux fois, il lui tire à bout portant dans la poitrine avant de balancer une troisième balle sur un assistant qui tombe sur ses genoux avant de s'écrouler face contre terre. Du sang sort de sa bouche.

Je me précipite, l'arme à la main, quand Shadow se laisse tomber juste devant moi, d'une galerie située au-dessus de nous, en glissant sur une sorte de corde, et se débarrasse du mec d'un coup net tiré dans la tête. Le shérif retient Queue-de-cheval à genoux, son arme pointée sur la tête du blond. Le dernier bandit a dû péter les plombs parce qu'il n'arrête pas de tourner en rond en vidant son chargeur dans tous les sens. Tammy est touchée par une autre balle, cette fois dans la cuisse. Elle ne bouge toujours pas. Le shérif pousse un cri, il vient à son tour de recevoir une balle dans le dos.

Riot et moi baissons rapidement la tête, Rex siffle avant de se jeter sur le côté. À ce moment-là, on entend le bruit sourd de pots d'échappement, ce sont des motos qui font leur entrée dans l'usine. Deux derniers coups de feu, et la fusillade s'arrête. Une balle met le dernier salopard à terre, l'autre rappelle à Queue-de-cheval de rester à genoux.

Je me précipite à côté de Tammy, toujours immobile. Sa jambe pisse le sang, mais ce sont les coups de feu qu'elle a pris dans la poitrine qui m'inquiètent le plus. En ouvrant son chemisier, heureuse surprise, je constate qu'elle porte un gilet pare-balles.

– Dieu merci ! je m'exclame en collant mon visage contre le sien. Je t'en prie, bébé, réveille-toi ! Ce n'est pas le moment de mourir !

Je sens alors un léger souffle d'air qui passe sur ma peau.

– Elle est vivante, mais elle est en train de nous quitter à la vitesse grand V, je hurle à la ronde.

En moins de temps qu'il n'en faut pour le dire, Shadow est à côté de moi et met son expertise d'espion en pratique. Il retire sa ceinture et la serre sur le haut de la cuisse de Tammy pour tenter d'arrêter l'hémorragie causée par le coup de feu. Me prenant la main, il me demande de la laisser appuyée sur la blessure.

– Reste bien dessus, appuie aussi fort que tu peux.

Je fais ce qu'il me dit pendant que l'un des assistants appelle une ambulance. Shadow se dirige ensuite sur Rex, assis plus loin sur son cul et qui se tient les côtes. Du sang coule entre ses doigts.

– C'est juste une égratignure, occupe-toi plutôt de Petites Fossettes, dit Rex en toussant alors que Riot se penche sur son gendre.

Moi, je focalise toute mon attention sur ma femme :

– Patron, ouvre les yeux. Allez, bébé, montre-moi ces jolis yeux.

Je lui caresse doucement le visage et, soudain, elle cligne des yeux.

Elle tend une main tremblante vers moi et murmure :

– Je t'aime…

Ensuite ses yeux se révulsent et son corps redevient immobile.

– Non !

Mon hurlement roule en écho sur les murs de l'usine maintenant vide.

# CHAPITRE 10

# Tammy

J'ai mal.

Partout.

À peine si je peux remuer les doigts. Pourtant, je sens une main chaude qui tient la mienne.

Tout de suite, je pense à Derek.

Mon homme.

Mon biker.

Des images de lui tournoient derrière mes paupières fermées malgré mes efforts pour essayer de les ouvrir. Elles pèsent une tonne, même si j'essaie simplement de cligner des yeux. Le moindre rayon de lumière m'éblouit et me force à les refermer par pur réflexe.

– Tammy…

Une voix mûre, monocorde et tranquille peine à traverser mon esprit embrouillé, je sens pourtant qu'on me serre la main.

Non, pas lui, non.

– Tammy, ma chérie, ouvre les yeux, me demande une des voix que j'ai le moins envie d'entendre au monde…

J'arrive difficilement à enfin entrouvrir les yeux pour reconnaître le même regard sombre que celui que j'ai un jour aimé. Un regard que j'ai fini par haïr et que je retrouve sur un autre homme. Un homme que je pensais ne jamais revoir un jour, mon beau-père.

– Où est Derek ? je demande immédiatement.

J'ai beau me gratter la gorge autant que je peux, seul un mince filet de voix sort de ma bouche. J'essaie de me débarrasser du gros chat qui me gêne, rien à faire.

Clint Hamilton père attrape le verre en plastique rose qui se trouve à côté de mon lit, et y plonge une paille avant de me la mettre sur les lèvres. J'aimerais la prendre élégamment sans faire de grimace, mais j'ai l'impression que mon corps est enfermé dans une chape de ciment. Je ne veux même pas faire un geste en pensant à la douleur que je vais ressentir si j'ose bouger. On ne sait jamais, je pourrais encore m'évanouir. J'avale lentement le liquide réconfortant en me rendant compte que le simple fait de relever la tête pour boire me fait mal. Il est là, le résultat d'avoir cogné violemment la tête d'une jeune femme contre le béton après lui avoir tiré deux balles dans la poitrine.

– Je suppose que le Derek dont tu parles est cet homme d'une carrure invraisemblable que l'équipe de ma sécurité a dû maîtriser jusqu'à ce que le shérif du coin s'en mêle.

En entendant ces mots, je referme les yeux et me mets à pleurer.

– Ma chérie, pourquoi ne m'as-tu pas averti que les choses avaient pris de telles proportions ? J'aurais pu trouver un moyen de le calmer, j'aurais fait quelque chose, n'importe quoi, plutôt que de te voir t'enfuir. En Oregon ? Pour faire un job de taupe en te faisant passer pour la pute d'un biker, pour te faire tirer dessus et pour finir que mon fils se fasse tuer !

Sa voix fléchit, je sens que l'émotion le gagne :

– J'aurais pu aider, j'aurais…

– Non, vous n'auriez pas pu l'arrêter, il a commencé à me battre tout de suite après notre voyage de noces, et vous le saviez très bien.

Je ne veux en aucun cas laisser cet homme me mentir sur ce qu'il a vu et encore moins sur ce qu'il n'a pas vu.

– Non, je ne le savais pas.

Cette fois, je le trouve abject.

– Faux ! Dites plutôt que vous ne vouliez pas voir la vérité en face. Vous ne vous rappelez pas quand j'arrivais chez vous pour dîner en boitant ou en me tenant les côtes, brisée en deux, l'air à moitié morte ?

Clint père fixe d'abord le sol et laisse ensuite son regard s'évader vers la petite fenêtre de ma chambre :

– Non, j'aurais vraiment essayé si j'avais su que les choses allaient mal à ce point-là. Et puis, tu es de la police, tout de même !

Lentement, je prends une grande bouffée d'air, même le simple fait de respirer me fait mal dans la poitrine :

– Il me menaçait avec mon boulot, avec la vie de ma sœur, la vie de tous les amis que je m'étais faits. Les flics ont souvent été appelés. Vous êtes venu le chercher vous-même au commissariat parfois, alors n'allez pas prétendre que vous ne saviez pas pourquoi il avait souvent besoin d'aide financière et d'être couvert par son cher père.

Clint père serre les poings, les bras bien tendus sur les côtés. Il n'a pas l'air à l'aise du tout ! Comme à son habitude, il porte un costume dans lequel il est impeccable. L'apparence, c'est tout pour les hommes politiques.

– Ils lui ont tiré dessus en pleine figure, Tammy. Je ne peux même plus regarder mon fils une dernière fois pour lui dire adieu.

Je suis désolée pour lui, mais je ne verserai pas une larme pour ce misérable connard.

– Ma vie a été un véritable enfer avec lui. Bien sûr, il a refusé de signer les papiers du divorce, ce que je lui demandais depuis plus de deux ans. La dernière fois qu'il a essayé de m'étrangler et qu'il m'a donné des coups de poing au visage, il n'a pas hésité à le faire devant ma petite sœur que j'ai dû laisser à deux États de distance pour lui échapper. C'est ça, le genre d'homme qu'était votre fils, Monsieur Hamilton. Je comprends que vous vouliez célébrer sa mémoire, votre chagrin vous appartient, mais vous vous adressez à la mauvaise personne pour en parler. Comme bouquet final, il n'a rien trouvé de mieux que de me poursuivre jusqu'ici. Il s'est ainsi trouvé mêlé à une opération de police au cours de laquelle il n'a pas hésité à révéler à trois dangereux meurtriers que j'étais un flic sous couverture.

Plus je lui parle, plus les yeux de Clint père s'arrondissent comme des soucoupes.

– Ce qui m'a valu deux balles dans la poitrine et une autre dans la jambe. Lui, une dans la tête. Je ne sais même pas encore combien de blessés il y a eus et, croyez-moi, l'homme que j'aime, Derek Layton, l'homme que l'équipe de votre sécurité a maîtrisé comme vous dites, est la seule et unique personne que je veux voir pour le moment.

Il pose une main sur ma jambe valide et, d'une voix mielleuse, il me dit :

– Je suis désolé pour le mal que mon fils t'a fait. Aucune femme ne devrait supporter autant de peine et de frayeur. Quand tu rentreras à la maison… je paierai tous les frais. Je vais faire appel aux meilleures équipes de médecins et d'infirmières pour t'assurer une guérison rapide. N'oublie pas que tu es aussi héritière de ses trusts et de ses propriétés…

– J'en ai rien à foutre de son fric, comme du vôtre. De toute façon, jamais je ne reviendrai en Californie. Chez moi, c'est ici dorénavant.

Malgré ma voix cassée et la douleur qui les traverse quand je les prononce, il ne peut pas se méprendre sur le sens de mes mots.

Cette fois, il a l'air tout penaud.

– Je comprends. Je t'en prie, sache que j'aimais mon fils, et toi aussi je t'aime. Je vous ai toujours aimés tous les deux et je vous aimerai encore. Je te souhaite le meilleur, Tammy, surtout après les événements récents.

Les mâchoires serrées, les lèvres pincées, les sourcils froncés, je vois que l'homme est inquiet. Il ferme les yeux un instant et quand il les rouvre, je vois qu'il hésite beaucoup avant de me poser la question qui le tracasse :

– Aurais-tu l'amabilité de bien vouloir passer sous silence l'odieux comportement de mon fils ?

Lassée de nos échanges qui m'ennuient, je lui réponds :

– Il n'y a que vous et moi, ici. Si vous voulez, je ne dirai rien. Ma version de cette histoire ne fera pas la une des journaux, si c'est ce que vous voulez. Comptez sur moi. Et, pour ce que ça vaut, je pense que vous êtes un grand sénateur et qu'il y a sûrement du bon en vous. Est-ce que je pense que vous avez bien fait chaque fois que vous êtes intervenu pour le sortir d'un mauvais pas ? Sans doute, mais aujourd'hui, tout ça n'a plus d'importance. Je suis désolée que vous ayez perdu votre fils, mais n'attendez pas de moi que j'assiste à ses obsèques. Vous n'aurez qu'à dire aux médias que je me suis fait tirer dessus et que je ne suis pas encore remise de mes blessures.

Il acquiesce sans commenter.

– Puis-je me permettre de demander de tes nouvelles de temps en temps ?

Après tout, avec Michelle, ce type est la seule personne autour de moi qui porte le nom de « parent ».

– Si vous voulez, mais sachez que mon homme est très protecteur, tout comme son club. Si vous ne me laissez pas le voir, vous n'allez certainement pas être dans ses petits papiers.

– J'ai compris. Je vais aller chercher Monsieur Layton et je te le ramène tout de suite.

– Bonne idée, je réponds avec un petit sourire.

Il ferme les yeux, baisse la tête et regarde ses pieds, l'air confus. Il sort sans se retourner. Moi, je tourne la tête pour ne même pas regarder la porte qui se referme derrière lui.

* * *

J'ai dû m'évanouir parce que, quand je me réveille, je suis totalement dans le brouillard, la chambre est plus sombre et je sens une main qui tient la mienne ; une autre est posée sur ma bonne jambe. J'adresse un beau sourire à mon homme dont la tête est posée sur mon ventre. Bien qu'il soit endormi, son visage est crispé et inquiet. Je serre légèrement sa main ; tout de suite, il ouvre ses yeux que j'aime tellement, couleur café et superbes. Malheureusement, je vois qu'ils sont remplis de douleur.

– Enfin ! me dit-il, soulagé.

Il se redresse, recule, et puis il reste à me regarder sans rien dire, il détaille chaque centimètre de mon visage et ses yeux peu à peu se remplissent de larmes.

– Bébé, je murmure.

Mes yeux aussi deviennent humides.

– Je t'ai vue mourir.

On dirait que ses mots ne sortent pas de sa bouche, mais de son âme.

Je dois faire un effort, mais j'arrive à remuer ma tête endolorie et à lui serrer la main. J'imagine que ce sont tous les médicaments qu'on m'a administrés qui me rendent lourde et vaseuse.

– Non…

J'arrive à peine à lui répondre, la gorge serrée par l'émotion que je ne peux pas contrôler.

– Si, je t'assure. Je t'ai vue prendre deux balles dans la poitrine et tomber par terre comme une pierre, sans plus bouger.

– Bébé, je vais bien.

Du moins, c'est ce que je crois. Personne ne m'a encore briefée sur mon état. Ma poitrine me fait souffrir, j'ai l'impression d'avoir un poids de cent kilos qui pèse dessus, une de mes jambes est totalement immobile et, dans le reste de mon corps, j'ai l'impression d'avoir été renversée par un camion.

Il n'en démord pas. Le peu de lumière qui restait dans ses yeux a disparu.

– Tu t'es toi-même mise en position de danger, et je t'ai vue mourir.

– Derek, s'il te plaît, viens ici, viens plus près.

En voyant la distance qui nous sépare, une sorte d'appréhension m'envahit.

Je ne me suis pas trompée. Il croise les bras et frotte ses mains dessus comme s'il avait froid. À ses yeux, je vois qu'il ne rigole pas. En fait, il regarde le mur, l'air absent.

Un frisson me traverse le corps et réveille mes douleurs. Je pousse un gémissement.

– Ce n'est pas la première fois que je perds ma femme, me dit-il de façon détachée et froide.

Rien à voir avec le ton qu'il prend quand il est assis à côté de celle qu'il aime… et avec qui il est prêt à partager sa vie.

Merde, je sens qu'il va me livrer sa peine et je ne suis pas sûre d'être assez en forme pour vraiment l'aider.

– Voyons, tu ne m'as pas perdue… je suis là. Regarde-moi bien, Derek : c'est moi, pas de problème.

Je fais ce que je peux, mais je vois bien qu'il ne bronche pas. Du coup, c'est comme si je recevais un nouveau coup dans la poitrine. La douleur est terrible et ne fait que s'ajouter à celle qui est déjà la mienne.

– Dernier combat de ma carrière. La pire soirée de ma vie. J'étais en train de gagner aux poings, mais Le Destructeur m'a mis un sacré coup. Ce mec était plein de promesses dans le circuit pro. Il avait vite gravi les marches du championnat. Beaucoup plus vite que moi je l'avais fait, et pourtant j'avais quelques années de plus. On en était au dixième round. Jamais auparavant il ne m'avait fallu dix rounds pour mettre un adversaire K.-O. Le Destructeur était bon, très fort même, mais j'étais meilleur.

– Mon chéri, je t'en supplie, viens ici, prends ma main.

Je tends le bras, il ne bronche toujours pas. Il est trop loin, je ne peux pas l'atteindre. De grosses larmes coulent sur mes joues.

– On luttait fort, j'étais comme un zombie. J'avais pris beaucoup de coups, lui aussi. Je savais que si je pouvais lui en envoyer un dernier pour le mettre à terre, j'allais gagner la ceinture. Je savais que ça allait changer ma vie. La mienne et celle de ma fiancée Carissa.

Le simple fait d'entendre le nom d'une autre femme me fait un pincement au cœur, mais je le laisse continuer.

– Elle était avec moi depuis que j'étais jeune, quand je faisais des combats de rue en sortant de l'armée. J'avais fait mes quatre ans et j'en étais enfin sorti. C'était une groupie des combats de nuit qu'on organisait dans des clubs underground. Comme elle avait des relations, elle m'a aidée à faire mon *big break*. Carissa et moi, ensemble, on se serrait les coudes, on allait conquérir le monde avec ma carrière de boxeur. Devenir riches et tout le toutim.

Il raconte son histoire sans la moindre émotion. On dirait qu'il lit un mode d'emploi, mais je le connais assez pour savoir que ce n'est pas facile pour lui de partager ces souvenirs et je sais aussi que ça va être difficile pour moi d'arriver à l'en détacher.

– Derek, regarde-moi bien, je lui dis avec la faible détermination dont je suis capable dans mon état.

Nos regards se croisent enfin. J'ai presque peur en voyant son air absent qui assombrit son beau visage et ses yeux, que j'adore tellement, tout à coup vides de toute expression.

– Il est mort cette nuit-là.

– Qui ? je demande, inquiète.

– Le Destructeur. Je l'ai frappé si fort qu'il a fait une hémorragie cérébrale et il est mort. Ma relation avec Carissa est morte cette nuit-là aussi. Elle a bien essayé de rester avec moi pendant un temps, mais au bout de quelques semaines, je me suis rendu compte qu'elle ne pouvait plus partager son monde avec un homme qui avait pris la vie d'un autre. Un homme qui en avait tué un autre en direct à la télé. Un homme qui était poursuivi par les médias comme celui qui avait tué le nouvel espoir de la Boxing League, avant même qu'il ait eu la chance de profiter de la vie. Le type n'avait que vingt-deux ans, moi vingt-sept, et ma propre vie est partie en bouillie.

– Derek, viens ici, je répète en tapotant le bord du lit.

Malgré mon ton suppliant, il fait celui qui n'entend rien.

– Et puis un jour, j'ai trouvé une femme belle, forte, indépendante, qui m'aime pour ce que je suis, et, plus important que tout, qui est une vraie survivante. Tu vois, ma Tammy, ça, c'est une chose que nous avons en commun. Notre capacité à dépasser nos épreuves et à nous unir pour trouver le bonheur. Mais toi, oui toi, tu as tout foutu en l'air quand tu as pris des décisions derrière mon dos. C'est à ce moment-là que j'ai vu ma femme mourir devant mes yeux, en revivant le pire moment de ma vie. C'était comme si j'assistais en direct à la destruction de l'avenir dans lequel je commençais à croire.

Tout à coup, je me sens très mal, je me mets à trembler, mes larmes redoublent.

– Mais c'était mon boulot de faire ça. Je devais débarrasser les rues de ces horribles mecs. Je n'avais pas le choix !

Tout en touchant mon visage, il me regarde une nouvelle fois avec ses yeux froids et vides :

– Mauvais choix, désolé.

– Mais enfin, Derek ! Trop de gens ont souffert de cette histoire ! Leurs menaces étaient claires, les morts allaient pleuvoir. Je ne pouvais pas prendre le risque que tu sois le prochain sur la liste, ni Shay, ni Anya, ni Holly, ni leurs hommes, ni aucun d'entre vous !

Il regarde ailleurs. Un sanglot sort de ma poitrine, c'est atroce, je sens que je suis en train de perdre le maigre contact qui me reste avec lui.

– Tu as fait le mauvais choix, parce que ce n'est pas NOUS que tu as choisis, il ajoute sur un ton froid.

– Si, justement, c'est ce que j'ai fait ! je réponds en reniflant.

Je ne peux pas m'arrêter de pleurer, je voudrais tellement qu'il comprenne que c'est exactement ce que j'ai fait.

– Non, c'est ton boulot que tu as choisi.

– Je suis désolée.

C'est la seule réponse que je peux lui apporter. Je peux regretter de ne pas l'avoir fait participer à notre plan, mais certainement pas d'avoir sauvé sa vie et celles des membres de son club !

– C'est un peu mince comme réponse, si tu veux mon avis.

En disant ça, il se lève et se dirige vers la porte. Soudain, j'entends qu'il parle à quelqu'un :

– Elle est réveillée, tu peux entrer.

– Non, Derek, je t'en supplie, reviens ! Il faut qu'on parle ! je crie aussi fort que je peux.

Malheureusement, avec ma voix cassée, mes cordes vocales ne portent pas très loin, sans compter que mon corps me fait un mal de chien.

Il sort et qui je vois entrer ? Michelle !

– Mon Dieu ! Tammy ! J'étais dans tous mes états quand Champ m'a appelée. Il m'a spontanément offert l'avion pour venir te voir ! Raconte, comment vas-tu ?

La porte de ma chambre d'hôpital se referme derrière ma sœur.

Derek est parti.

* * *

Quand je me réveille la fois d'après, tout est sombre. On doit être en plein milieu de la nuit ; une infirmière est en train de vérifier ma tension.

– Derek… je murmure doucement.

– Il est dans la salle d'attente, Petites Fossettes. Ta sœur est avec lui.

Tiens… je connais cette voix de femme qui me parle derrière l'infirmière.

Elle monte légèrement l'éclairage, c'est Mags qui vient s'asseoir dans le fauteuil à côté de moi, le bras en écharpe. Pour la première fois, je la vois sans maquillage. Ses cheveux sont en bataille, comme toujours, et elle dégage une certaine tristesse que visiblement nous partageons toutes les deux. Elle me regarde longuement de son beau regard bleu acier avant de commencer à parler :

– Ce que tu as fait, Petites Fossettes, est d'une imprudence incroyable. Tu aurais pu te faire tuer, tu sais. Deux des agresseurs sont morts, un assistant est dans un état critique, et ton ex… tu sais ce qui lui est arrivé je suppose.

J'acquiesce en silence en remerciant le Seigneur d'avoir donné sa chance à l'assistant du shérif.

– Et Rex ? je lui demande en déglutissant par peur de sa réponse.

– Juste un bobo sur le côté. Les médecins lui ont fait quelques points de suture et Shay le force à rester à la maison pour pouvoir s'en occuper elle-même. Elle pleurait toutes les larmes de son corps quand elle a su qu'on lui avait tiré dessus. Elle pleurait encore plus quand elle a réalisé qu'elle aurait pu le perdre et qu'il aurait laissé ses enfants sans papa. Et puis elle s'est calmée en remerciant le Ciel qu'il soit toujours là et bien vivant pour continuer à l'emmerder.

Tellement Mags ! Je ne peux m'empêcher d'esquisser un petit sourire. J'ai parfaitement compris ses sous-entendus. Elle me répond de la même façon, mais la rigidité de ses épaules et son air contenu me disent qu'il y a un truc qui la gêne.

– Et toi ? Tu vas mieux ? elle me demande en caressant ma main.

– Pas vraiment.

– Tu as mal ? C'est terrible ?

– Ouais, mais c'est au cœur que j'ai le plus mal.

Une fois de plus, mes larmes me trahissent. Elle prend alors ma main dans la sienne :

– Je te répète, Tammy, ce que tu as fait était d'une folle imprudence, mais c'était très courageux. Ça en dit long sur ton caractère, sur ce que tu veux faire dans ton boulot et surtout ce que tu étais prête à faire pour éloigner ces salauds du club. Tu es une vraie sœur du Pride, et tu auras une jolie cicatrice sur la cuisse pour le prouver.

Elle continue d'une voix bien affirmée :

– Tous mes remerciements et mon amour t'accompagnent, Tammy, même si je n'oublie pas que ces mecs m'ont pris mon Jay adoré. (Là, elle craque.) Tu as fait tout ce que tu as pu pour éviter que ces monstres ne fassent plus de dégâts et nous laissent enfin tranquilles. Comment vais-je pouvoir te remercier de t'être mise en première ligne comme tu l'as fait ?

Je ferme les yeux et laisse ses mots réconfortants m'envahir, j'ai tant besoin qu'ils remplissent le vide laissé par ceux de Derek quand il est sorti de la chambre tout à l'heure.

– Derek ne pense pas comme toi, je lui réponds, des sanglots dans la voix.

Elle se penche alors vers moi et vient me caresser la joue de sa main valide :

– Oh bébé, ne t'inquiète pas, il changera d'avis. Il est juste en colère, touché dans son cœur ; à mon avis, il a eu une sacrée trouille !

– Non, il a une bonne raison pour se comporter comme ça. Carissa.

J'ose en parler, parce que, s'il y a une personne dans le club qui doit être au courant de son passé, c'est bien Mags. Elle lève les yeux au ciel, elle en fait des tonnes :

– Crois-moi, Carissa n'était pas l'amour de sa vie. Il l'a laissée filer, si tu veux mon avis.

– Ah bon ? Pourtant, d'après ce que j'ai compris, c'est lui qui est parti.

Elle me gratifie d'un beau sourire et je vois que la tristesse peu à peu disparaît de ses yeux, en tout cas pour l'instant :

– Ne t'inquiète pas, il va ruminer ce qu'il a dit, ce qu'il a fait et comment il se sent depuis. Et puis, il finira par faire le bon choix. Je connais mon

Champ, c'est un type bien, solide, honnête, sincère. Il prendra la bonne décision, ce qui ne veut pas dire que tu ne dois pas faire ton pas de danse devant lui.

– Il n'arrête pas de me dire qu'il m'a regardée mourir.

– Ah… je vois. Riot m'a fait une scène du même style. Voir leurs chéries si proches de la mort, ça les touche beaucoup, plus qu'on pourrait le penser, apparemment. Ma chérie, ne crois pas que tu vas manquer de compagnie dans les semaines à venir, pendant ta convalescence. Je sens qu'ils vont me laisser un peu tranquille, j'aurai donc du temps pour moi.

– Ça m'étonnerait, tu es le cœur vivant du club, Mags.

Je ne lui mens pas, je le pense vraiment. Tout le monde aime Mags. Les membres marqués, les aspirants, les chéries, les filles du club, tout le monde.

– Peut-être, mais dorénavant tu es devenue celle qui les a sauvés. Penses-y et maintenant, repose-toi.

Je hoche la tête et ferme les yeux. Elle passe sa main dans mes cheveux, se penche un peu plus et m'embrasse sur la tempe.

– Merci, Petites Fossettes.

– Je t'en prie, Mags.

Elle m'embrasse encore, sur le dessus de la main cette fois, et quitte la chambre à son tour. Je laisse couler mes larmes sans les retenir alors que je sens la fatigue qui me gagne.

* * *

Quand je me réveille, tout est calme autour de moi, il fait sombre, mais je me sens en parfaite sécurité.

Tranquille, protégée, aimée.

Tournée du bon côté sur mon lit d'hôpital, je réalise qu'un bras m'enlace la taille et qu'un visage est enfoui dans mes cheveux… mon homme est avec moi. Je lui prends la main et croise nos doigts.

– Je suis désolée… tellement désolée, je murmure dans la pénombre qui nous entoure.

Je peux sentir son haleine souffler sur mon cou et je souhaite de toute mon âme que ce ne soit pas la dernière fois.

– Moi aussi, il répond finalement en me donnant un baiser derrière l'oreille.

Cette fois, je sais que mon cœur bat pour la bonne raison.

– Allons-nous arriver à nous entendre ?

– Ouais, tant que tu ne mets pas ton cul en danger pour sauver mon club.

– Bébé, je ne peux pas te promettre une chose pareille.

En tant qu'assistante du shérif, je sais pertinemment que je serai amenée à faire face à certains dangers. Pour l'instant évidemment, vu mon état, je préfère ne même pas y penser.

Mon Dieu... l'idée de le perdre, de perdre ce que nous avons déjà construit ensemble, c'est insoutenable.

– On trouvera un terrain d'entente, me promet-il.

– Je t'aime plus que tout, plus que mon boulot... même plus que ma voiture...

– Eh bien, patron, maintenant je suis sûr que tu m'aimes vraiment.

Je sais qu'il plaisante et je souris.

– Oui, je t'aime vraiment. Est-ce que tu vas me pardonner ?

– C'est déjà fait. Je t'ai dit des conneries que je regrette. J'aurais dû attendre un moment plus propice pour partager certains détails de ma vie, ce qui ne change rien au fait que tu as pris une mauvaise décision. Tu comprends, quoi qu'il arrive, je ne veux pas être ton deuxième choix, Tammy. Je t'ai dit qu'on allait trouver un terrain d'entente, on va le faire. On a le temps. Tu as besoin de bien récupérer avant de retourner travailler.

Ah, le boulot...

J'ai toujours été flic. Après avoir été reçue à mes deux bacs, option justice pénale et gestion à Sacramento, je suis tout de suite rentrée à l'école de police. Depuis, je n'ai jamais changé d'orientation, j'ai toujours aimé mon boulot. Maintenant que je suis clouée sur un lit d'hôpital, percluse de douleur après avoir risqué ma vie, je ne sais plus vraiment ce que je veux.

Je crois qu'il va falloir que je m'interroge pour savoir qui je suis vraiment. Mais, comme dit Derek, rien ne presse.

– Tu vas me garder près de toi le temps de ma guérison ?

– Où veux-tu aller ?

Sa voix est grave et sérieuse me pénètre jusqu'à mes doigts de pieds. Enfin quelque chose qui me fait du bien !

– Je pourrais rentrer à la maison, avec Michelle.

– Écoute, Tammy, arrête de me foutre en rogne. Je peux très bien m'occuper de ma chérie. Moi, et personne d'autre. Si elle veut, ta sœur peut s'installer dans la chambre d'amis. J'ai déjà parlé avec Bones pour lui trouver un poste d'infirmière quand elle aura fini son école. Après avoir bien regardé ses cheveux blonds, son petit corps, ses jolis yeux et, vu sa nature conciliante, il était déjà tout excité à l'idée de l'aider.

Bones intéressé par ma sœur ? Pas mal...

– Ok.

– Maintenant, il va falloir que tu fermes les yeux, et que tu me laisses fermer les miens par la même occasion avant que Mademoiselle Ratched vienne prendre ta tension pour la millionième fois.

– Je t'aime, Derek.

– Je t'aime aussi. Allez, chut ! Tammy, marmonne-t-il en m'attirant contre son corps tout chaud.

– Regarde qui est le patron, maintenant.

– Chut !

Il me tient serrée contre lui et vient mettre sa tête dans le creux de mon cou. Ce n'est pas la position la plus confortable, mais c'est tellement mieux que s'il n'était pas là, à me tenir dans ses bras. Il faut savoir se contenter de ce que l'on a.

Demain est un autre jour. Je peux dormir tranquille, la menace sur le club et les chéries que j'ai appris à aimer et respecter n'est plus.

Très vite, je sens que les bras de mon homme se relâchent, sa respiration devient lourde et régulière. Il s'est endormi.

Oui, c'est ça, demain est un autre jour. Un jour qui sera beau et grand, parce que je suis vivante, parce que Derek est vivant et qu'un avenir s'ouvre devant nous. Un avenir que nous allons vivre… ensemble.

# CHAPITRE 11

## Champ

*Un mois plus tard*

C'est fini. Enfin, l'enfer que nous avons vécu ces derniers mois est derrière nous. Riot a demandé une trêve aux Devil's Riders. À mon avis, il n'aurait rien dû demander. Après tout, ce sont leurs hommes qui ont attaqué nos femmes, leurs aspirants qui ont tué Jay, tiré sur Mags, tiré et tué l'ex de ma femme, ce sont eux qui l'ont blessée en lui faisant un trou dans la jambe ! Et que dire de l'agression sexuelle sur Holly, des violences sur Anya et les deux jeunes, de la boutique de Shay vandalisée, de la librairie ou du studio de danse d'Anya… sans parler de la Stang ? Ces mecs ont dévasté notre ville et violenté nos femmes sans l'ombre d'un remords.

À leur décharge, mais de toute façon ils sont inexcusables, c'est une des filles du club qui les a volés et ce sont les aspirants, pas les frères marqués au fer, qui ont commis les faits sans ordre du club qui, d'ailleurs, n'en savait rien. Et depuis qu'on a aidé Jess à quitter la ville, ils ont estimé que réparation leur était due. Mais pas au prix de vies humaines ou en prenant des femmes pour cibles.

Même si Skull, leur président, est un vrai connard, au fond, il n'a pas très bien pris qu'un frère soit tué en protégeant une chérie ; il ne croit pas plus que les femmes auraient dû être visées. Le problème, c'est la disparition de sa marchandise qui vaut des millions. Marchandise pour laquelle, malheureusement, l'Agence antidrogue n'a pas pu les coincer.

Pour faire la paix, Riot et lui ont donc fait une trêve. Il n'y a plus d'ardoise entre nos clubs et nous avons largement diffusé la nouvelle.

Maintenant, les flics en ont deux sur quatre en cabane qui encourent la peine maximale, la prison à vie. Quant aux deux autres, ils sont morts.

Je découvre ensuite que le gros con d'ex de Tammy est venu à Grant's Pass juste après ma discussion avec lui. D'après les caméras du bureau du shérif, il a suivi Tammy à la trace depuis la seconde où elle est partie dans l'une des voitures du shérif adjoint. Tammy a raconté qu'il est entré directement dans l'usine, comme s'il était propriétaire des lieux, juste au moment où nos bikers se sont ramenés. Il pensait sans doute qu'il allait tomber sur mes frères et moi, pas sur un trio de bandits qui n'avaient rien à perdre.

Le mois dernier a été rude, on a donc attendu que tout aille bien au club pour organiser les funérailles de Jay. Ce ne sont pas exactement des funérailles à proprement parler, mais plutôt une cérémonie funéraire.

– Quelqu'un de la famille de Jay va-t-il venir ? me demande Tammy.

Revenant de la salle de bains habillée tout en noir, elle entre dans la chambre en boitant. Elle porte un pantalon de cuir, une chemise à manches longues et son gilet en cuir habituel dans lequel elle se pavane, n'ayant aucun scrupule à s'afficher comme « la chérie de Champ », même si elle reste opposée à la cérémonie de marquage. Elle n'a aucune idée que le putain de truc est prévu pour plus tard dans la nuit, une fois qu'on aura mis notre Jay en terre, selon les rites du club.

– Bébé, tu sais, c'est nous la vraie famille de Jay, je grogne en enfilant mon gilet de cuir.

Je passe mon doigt le long du bord gauche. Une étiquette y est cousue, marquée JAY en majuscules blanches avec une entaille rouge reliant le bout du « Y » à la courbe du « J ». Ému, je serre les dents et ravale mon dégoût d'avoir perdu un tel mec si jeune.

Tammy vient à côté de moi, m'enlace et pose sa tête sur mon épaule. En fait, elle fait bien plus que cela. Je n'ai jamais rien dit sur son besoin de me toucher, parce que j'aime l'échange que ça représente. Bientôt, je ne l'aurai plus si près de moi, comme maintenant. Elle va retourner au travail, il va falloir m'y habituer. En attendant, je m'immerge en elle autant que je peux.

– J'ai pris une décision pour mon travail.

M'attendant au pire, une fois encore, je serre les dents. Si ça continue, je vais finir par les réduire en poussière, ces foutues dents.

Tammy sait dans quel état me met toute discussion concernant son travail. La voir retourner chez le shérif, j'en ai autant envie que d'avoir un clou planté dans mon pneu. C'est-à-dire pas du tout.

Elle a bien cicatrisé. Après avoir quitté l'hôpital, elle a eu beaucoup de temps pour se remettre. Son torse est noir et bleu au niveau des impacts de balles, elle a deux côtes fracturées, mais rien n'a été touché au niveau interne. La troisième balle a tranché son artère fémorale, ce qui a causé des problèmes quand ils l'ont transportée à l'hôpital. Elle a alors perdu beaucoup de sang, mais elle a survécu. Après une semaine complète d'hôpital, elle n'en pouvait plus, ces trois dernières semaines elle les a donc passées à la maison pour se remettre complètement. Les chéries se sont relayées auprès d'elle toute la journée pour la divertir, et même mes hommes sont venus lui rendre visite. Un joli chassé-croisé de frères qui allaient et venaient en parlant de tout et de rien avec ma femme. Du coup, elle est devenue plus proche des membres du club.

Aujourd'hui, ils savent qu'ils lui doivent beaucoup. Pour la remercier, ils lui ont offert leur temps et lui ont donné toute leur attention. Chaque jour et autant qu'ils ont pu. Désormais, elle est devenue une de leurs sœurs à part entière. Je n'avais besoin que de cette dernière étape pour sceller notre pacte. Peu importe qu'elle le veuille ou non, je vais me faire marquer. Pour moi, pour elle, pour le club, pour nous.

Assis sur le lit avec une botte déjà enfilée, j'essaie d'effacer la contrariété qui transparaît sur mon visage quand je la laisse s'échapper de mes bras.

– Alors, c'est quoi, cette décision ?

– Eh bien, tu sais que je suis l'héritière du trust et des biens de Clint ?

– Ouais, chérie, mais on n'en a pas besoin. Je suis là pour prendre soin de toi. Même si quelques voyages avec toi aux frais de ce fils de pute, ça ne me rendrait pas malade, je lui réponds en souriant. En même temps, c'est vrai qu'il t'a fait du mal. Il doit payer pour ça et, au final, il a même payé le prix fort. L'argent qu'il te laisse, tu en fais ce que tu veux. Tu as vécu un enfer tout le temps de ton mariage, c'est le minimum qu'il pouvait faire.

Elle a l'air gênée, quelque chose la tracasse.

– Et je ne te l'avais sans doute pas dit, mais il avait une très bonne assurance vie et j'en suis aussi la bénéficiaire. J'ai reçu un chèque chez Michelle et je lui ai demandé d'ouvrir la lettre.

– Et alors, qu'est-ce que tu veux que ça me fasse ?

– Ça fait tout de même cinq millions de dollars, Derek.

Je sens une vive douleur derrière le crâne, comme si on m'avait assommé.

– Putain ! Quel genre de type a une assurance vie pareille ?

Elle continue, j'ai l'impression qu'elle creuse ma tombe avant de m'y jeter.

– Euh… et comme je te l'ai dit, sa famille est riche, très riche, même. Tu sais, il m'en a laissé beaucoup, Derek. L'avocat a appelé, il dit que ses biens s'élèvent à vingt-cinq millions. Si tu ajoutes les cinq de l'assurance vie, je suis maintenant à la tête de trente millions de dollars.

De mon côté, je m'en sors bien. Très bien, même. J'ai accumulé à peu près six ou sept millions, entre ce que je me suis fait du temps où j'étais pro, mes revenus à la salle de gym, les parts que j'ai acquises dans mon club, mes investissements, plus ce que j'ai en liquide à la banque.

– La vache, c'est dingue ! je m'exclame en secouant la tête tout en enfilant l'autre botte. Mais qu'est-ce que ça veut dire tout ça ?

Vu sa tête, elle prépare son effet :

– Ça veut tout simplement dire que je ne retourne pas au bureau du shérif.

Je commence par sourire et, tout à coup, je réalise pourquoi elle n'y retourne pas.

– C'est malin, tu vas devenir une femme oisive, assise sur le tas de fric de ton connard d'ex ?

Elle me regarde d'un petit air supérieur et met les mains sur ses hanches :

– C'est mal me connaître !

– Alors bouge-toi, Petites Fossettes, parce qu'on doit partir et rejoindre le club pour la cérémonie.

Son visage s'adoucit et sa contrariété s'évanouit en fumée.

– J'ai des tas d'idées, il faut que je t'explique ce que je vais faire de cet argent.

– Dis-moi, je lui réponds en laçant mes bottes.

Elle vient s'asseoir à côté de moi :

– Voilà. Figure-toi que j'ai fait quelques recherches et, dans le coin, je n'ai pas trouvé beaucoup d'abris pour les victimes de violences domestiques ni de fondations qui aident les femmes et les enfants à se sortir de ce type de situation. Enfin, il y en a bien quelques-unes en Oregon, mais j'ai songé à ouvrir une institution caritative pour aider les femmes de tout le pays et, peut-être même, au-delà. Utiliser l'argent pour faire le bien. Comme tu dis, on en a assez pour nous et j'ai les moyens de payer ce qu'on doit à l'école de Michelle. J'ai aussi de quoi lui laisser un bon pactole pour qu'elle puisse passer dans la classe supérieure et vivre facilement jusqu'à ce qu'elle trouve un boulot et…

Je plonge la main dans ses cheveux dorés qui ont beaucoup poussé depuis notre première rencontre.

– Si je comprends bien, tu veux utiliser cet argent pour aider les autres… Ce n'est pas moi qui vais t'en empêcher. Si, en plus, tu as les moyens de rembourser tes dettes, je suis entièrement pour. Un boulot sans danger pour ma femme, moi, ça me va, bébé.

Elle a l'air tout heureuse et m'embrasse tendrement. Je la serre bien fort contre moi, jusqu'à ce qu'elle pousse ce petit gémissement qui vient du fond de sa gorge quand elle est excitée. En me relevant, elle me fait un beau sourire et je vois se creuser ses deux petites fossettes que j'adore. Il faut dire que je fais tout ce qui est en mon pouvoir pour les voir apparaître sur son visage.

– Techniquement, le danger n'est pas forcément totalement écarté. C'est en ça, d'ailleurs, que le club pourrait nous aider, me dit-elle, ses jolis yeux chargés d'espoir.

– Ah bon ? Comment ça ? je demande, intrigué

– Souvent quand une femme est au plus bas, au bout du rouleau, elle a besoin d'aide pour s'en sortir. Parfois, cette aide, elle en a besoin juste après une sale raclée, ou juste avant ; parfois, c'est pire : le mec peut encore être là en train de la violenter ou même menacer de la tuer.

– Et ?

– Eh bien, comme je l'ai dit aux mecs du club, je connais le respect qu'ils ont pour leurs femmes et pour celles de la fratrie en général. Ils n'aimeraient donc pas savoir qu'un homme bat sa femme, même s'ils ne la connaissent pas.

– Là, tu as raison, je dis en grommelant.

Ma voix se remplit de colère et de frustration… J'aurais tellement aimé avoir rencontré Tammy plus tôt pour avoir pu la délivrer de son ex depuis longtemps.

– Exactement. Ce club a de nombreux membres, et j'ai pensé que si nous avions à faire face à une situation difficile, quelques frères pourraient être désignés pour se tenir en alerte, prêts à intervenir si une femme avait besoin qu'on la tire d'affaire. Comme une escorte, si tu veux. Moi, ou l'un de mes avocats, nous serons là pour aider la femme victime, les hommes du club, eux, pourraient assurer sa sécurité et lui porter assistance pour qu'elle puisse s'en sortir, avec ses enfants, si elle en a. On pourrait aussi les utiliser pour escorter les femmes vers des maisons sécurisées que nous pourrions construire.

Ses paroles vont et viennent dans ma tête.

– On doit voter pour prendre une telle décision. Mais ça vaut la peine d'en informer Riot et Mags pour qu'ils développent le projet avec toi. Si tu décroches leur accord, ils soumettront le concept au club. Je pense que le projet que tu as d'aider les femmes dans le besoin, ils l'approuveront. C'est aussi un bon moyen pour les aspirants de s'engager, de se mouiller dans des situations qui peuvent leur foutre la trouille.

Elle sautille sur le lit, tellement elle est contente.

– Tu crois, vraiment ?

– Oui, vraiment, je réponds, tout sourires Maintenant bouge-toi le cul. On parlera de ce que tu nous mijotes pour l'avenir quand on aura mis Jay en paix, ok ?

– Ok, elle répond doucement.

Je l'aide à se mettre debout, glisse mes bras autour d'elle pour la soulever et ne pas la laisser descendre seule les escaliers avec sa patte folle. Je ne la remets sur ses pieds qu'une fois que nous sommes face à ma bécane.

– On prend la moto, murmure-t-elle, tout excitée.

– Tu peux laisser pendre un peu ta jambe, pas vrai ?

– Putain, plutôt deux fois qu'une !

– Ah... ma chérie aime bien faire de la moto, hein ?

– Ça, tu peux le dire !

Je me mets aux commandes en attendant qu'elle s'installe et se sente à l'aise sur le siège arrière.

– Tout roule ? je lui demande pour vérifier qu'elle est bien en place.

On n'a pas utilisé la moto depuis qu'on lui a tiré dessus, mais aujourd'hui, ça s'impose. Pourtant, j'aurais pris la Hellcat si elle n'avait vraiment pas pu chevaucher ma bécane.

– Yep !

– Ta jambe, ça va ?

Je m'inquiète pour sa blessure. Je lui pose cette question pour m'assurer qu'elle l'a bien compris.

– Impec.

Sans plus attendre, je démarre.

– C'est parti !

Elle me glisse un petit cri de joie à l'oreille alors que nous partons en direction du club-house.

* * *

La photo de Jay, les mains étendues sur le comptoir, grand sourire aux lèvres, est accrochée sur le mur, auprès de celle de feu notre vice-président, Tony, « Moose » Delgado. Sur la plaque en dessous, on peut lire « Jay "Shield" Meyers » et la date de sa mort. Il avait toujours dit qu'il serait un bouclier contre quiconque oserait s'en prendre à une chérie ou à un de ses frères.

– Un vrai cadeau pour la fratrie, dit Riot en mettant son doigt sur la plaque gravée au nom de Jay, puis sur celle de Moose. Souvenons-nous, ils continuent de vivre à travers nous et vous vivez pour eux.

– Hooya[13] ! dit Bones qui a servi dans la Navy, commençant une série de cris de guerre.

---

13 Cri de guerre des Amérindiens.

– Hourra ! ajoutent Rex et Tank et deux autres frères qui étaient dans les Marines.

– Hooah ! hurlent Riot, Whip, Cricket, et moi et beaucoup d'autres qui ont fait l'armée…

Et ce, jusqu'à ce que chaque frère ait touché les deux plaques et soit sorti.

Mags sort la dernière en portant l'urne en métal.

Les gars assoient leurs femmes à l'arrière de leur moto. Chaque bécane est en marche et vrombit.

Mags s'arrête devant chacun des frères et dépose un peu des cendres tirées de l'urne sur chaque réservoir. Quand on partira, un peu de Jay sera avec nous pendant le voyage, jusqu'à ce qu'il ne reste plus rien. Elle en verse aussi un peu dans des mouchoirs gris et en donne un à toutes les chéries : Shay, Anya, Holly et à chacune des femmes jusqu'à ce qu'elle arrive à nous. Elle en tend un à Tammy.

Les femmes pleurent, les hommes ont le visage grave mais restent stoïques. Prêts à apporter la paix à notre frère.

Mags verse encore des cendres dans son propre mouchoir, se dirige vers l'endroit où un signe planté dans la terre dit « Hero's Pride » et verse les cendres restantes juste devant l'écriteau.

– Voilà, mon fils. Maintenant un peu de toi sera toujours dans le sol de ce club-house que tu ne voulais jamais quitter.

Pour rester digne, je serre les dents au point d'en avoir mal. Putain, cette fois, je vais avoir besoin d'un dentiste, ce n'est pas possible.

Tammy me prend par la taille et appuie son visage contre mon gilet de cuir. Je sens que son corps retient l'émotion qui flotte comme un nuage autour des bikes.

– À nous la route, maintenant ! rugit Riot.

Et puis, l'un après l'autre, on s'engage derrière notre président.

Peu après, tous à la queue leu leu, arrivés sur une portion de route dégagée, avec le soleil dans le dos et sous un ciel plus bleu que bleu, Riot pousse un autre cri de guerre, mais cette fois, ce n'est plus pour la fratrie. C'est pour Jay.

Il hurle parmi le bruit des motos :

– À notre Bouclier !

Mags lève le bras, tient un bout du bandana gris et laisse flotter le mouchoir au vent. Les cendres s'envolent et se dispersent dans les airs.

– À notre Bouclier ! hurlent les frères derrière Riot.

L'un après l'autre, ils crient leur douleur au vent pendant que Mags laisse s'envoler une part de l'homme qui a vécu et qui est mort pour protéger nos femmes.

– À notre Bouclier ! je tonne de mon côté.

Et Tammy lève le bras au ciel en laissant, à son tour, Jay s'envoler dans le vent.

L'air disperse les cendres dans ce paysage qu'il adorait parcourir à moto.

Nous roulons pendant des heures et puis, lorsque vient l'heure de rentrer, nous faisons demi-tour. Je manœuvre juste devant mon président qui, du coup, se retrouve en dernier. Pour ne pas rester seul, il vient rouler à côté de moi, et je regarde Mags. Elle est dévastée. Son visage tourmenté n'est plus que douleur et souffrance. Pour se consoler, elle appuie sa joue contre le dos de son mari et, voyant que je l'observe, elle me fait un sourire plein de mélancolie et m'envoie un baiser.

C'est tout Mags. Même dans la tristesse, elle partage son amour.

Tammy me serre plus fort, appuie le menton sur mon épaule et m'embrasse dans le cou.

On va s'en sortir.

Tout ira bien pour nous tous, car c'est ainsi que Jay l'aurait voulu.

Et maintenant, c'est pour lui que l'on doit vivre !

* * *

– Je n'en peux plus de tout ça !

Tammy tire sur mon gilet de cuir pendant que nous nous dirigeons vers le cercle, dans la cour arrière du club-house.

– C'est l'heure.

Quand je dis ça, c'est un ordre, pas une suggestion.

– Bébé, s'il te plaît, je ne peux pas te regarder si on te fait du mal ! Si tu veux porter mon nom, ce sera comme le baiser de la mort, j'en suis certaine !

Tammy crie tout ce qu'elle sait et tape sur mon gilet de cuir.

Pas de problème, le cuir est solide, rien ne va l'abîmer. J'emmène donc ma femme avec moi.

– Avant toute chose, j'annonce à tout le monde, je veux que vous sachiez tous qu'on va faire les choses un peu différemment cette fois-ci.

– Oh, génial ! Du neuf pour un marquage, j'adore ! s'exclame Holly en se frottant les mains.

Habillée comme toujours en libraire coquine et sexy, elle se tient face à Tank qui, la main sur son épaule, frotte un pouce sur sa chair dénudée.

Tammy, qui n'en mène pas large, foudroie Holly du regard.

– Quoi ? T'es pas excitée ? Moi, je suis presque en train de mouiller ! Le marquage, c'est super ! N'est-ce pas, Roméo ?

Tank rit et toussote, Tammy lui fait les gros yeux.

– Tu es vraiment tordue, Petite framboise.

Elle utilise le surnom que le club a donné à l'insolente libraire.

– Qui se ressemble s'assemble, Petites Fossettes ! elle lui rétorque en tirant la langue.

Cette femme est dingue, Tammy a raison. Holly a réussi le tour de force de se faire marquer au fer rouge sur l'épaule, par Mags, le nom de route « Tank » avec un cœur autour. Ce soir-là, elle était agenouillée à côté de son homme pendant que lui se faisait marquer « Holly » sur le torse. Je me souviens, ils se sont regardés tous les deux droit dans les yeux pendant toute la cérémonie. Moi, j'ai trouvé ça beau. Ma femme est tout à fait contre.

– Je t'en supplie, ne fais pas ça, bébé. Je n'ai pas besoin de ce genre d'engagement. Je te l'ai déjà dit !

Elle boite à mes côtés pendant que nous nous dirigeons vers le centre du cercle. Comme le veut le rituel, j'enlève mon gilet et le lui tends. Tout de suite, elle le serre fort contre sa poitrine comme si c'était sa couverture de survie.

– Bébé…

Des larmes remplissent ses yeux quand elle m'implore. J'enlève mon tee-shirt, je le lance à Whip qui l'attrape et le fourre dans sa poche arrière. Je plonge ensuite mon regard dans les jolis yeux de ma Tammy. Même effrayée, elle reste la plus belle chose que j'aie jamais vue.

– Avant de commencer, je dois te poser une question. Si tu donnes la bonne réponse, je ne serai pas marqué, lui dis-je en ricanant, un genou à terre.

Et la horde des frères devient dingue. Ils hurlent et braillent, en brandissant leurs poings.

– Ouais ! super, un autre mariage ! s'écrie Anya.

– Ça déchire ! vocifère Shay à son tour.

Je me contente de sourire et sors de ma poche une bague avec un solitaire en diamant. Juste une pierre au centre, taillée en forme de larme. Les jours où ma femme passait son temps à pleurer à cause d'un homme sont révolus, je veux que mon engagement avec elle symbolise ce renouveau. Cette bague, c'est comme sa dernière larme, figée dans un diamant.

– Mon Dieu, Derek ! Ne me dis pas que tu veux m'épouser ? Je croyais que pour toi une cérémonie de marquage était supérieure à un mariage.

Je ris en sachant que je vais par la suite la mettre hors de ses gonds, mais au moins elle ne va pas pleurer.

– Oui, c'est vrai, je l'ai dit.

– Et tu es prêt à rompre cette tradition, juste pour me faire plaisir si j'accepte de t'épouser ?

Je souris, l'air espiègle, en lui tendant la bague. Je la connais, elle va devenir dingue.

– Alors, quelle est ta réponse ?

J'agite l'écrin devant ses yeux, et elle regarde la bague. Son regard s'élargit en découvrant la taille du caillou que j'ai trouvé. Même si ce n'est qu'un simple diamant, le truc est tellement gros qu'on peut le voir de loin.

– Tu ne m'as pas encore posé de la question, Derek, plaisante-t-elle.

– Veux-tu faire de moi l'homme le plus heureux de la terre et devenir ma femme, ma chérie, fonder une famille avec moi et me prendre pour époux jusqu'à ce que tu rendes ton dernier soupir ?

– Oui, je le veux.

Elle me fait un grand sourire, je me lève, enfile la bague à son doigt et jette la boîte dans les airs. Ensuite, je la prends dans mes bras et l'embrasse si fort et tellement goulûment qu'elle doit finalement retirer sa bouche pour reprendre sa respiration.

– Dommage, mauvaise réponse, je murmure, nos têtes posées l'une contre l'autre. Allez, prends le fer, Riot ! je hurle soudain en laissant tomber mes bras.

Tammy, elle, refuse de me laisser tranquille. Elle me tient par le cou en le serrant si fort que je finis par la soulever jusqu'à ce que ses jambes viennent encercler ma taille.

– Non ! Je croyais que si je disais oui, tu ne le ferais pas !

– Si tu avais dit non, ça aurait signifié que tu ne voulais pas être à moi, je lui réponds en ricanant. Bébé, tu as dit oui devant témoins. Ça veut dire que tu es à moi pour toujours. Peu importe ce que je vais faire maintenant, tu m'aimeras jusqu'à ton dernier souffle. M'engager avec toi à ta manière, pour moi, ça ne veut rien dire. Je me dois d'agir selon le rite du club.

– Non ! elle gémit en posant la main sur mon cœur. Mon Dieu… ton beau torse, quel dommage !

– La douleur de ne pas être marqué serait pire encore, patron. Tu dois comprendre ça.

Elle râle et se laisse tomber sur la pelouse. Je l'aide à se relever pour m'assurer qu'elle ne s'appuie pas trop sur sa jambe convalescente.

– Je ne veux pas que tu fasses graver mon nom sur ta poitrine. Ça porte malheur, essaie-t-elle encore.

– T'inquiète, j'ai la solution.

Riot arrive et je m'agenouille en face de lui.

– Champ est là aujourd'hui devant nous pour demander Tammy comme chérie, femme… et patron.

Il brandit le fer rougeoyant pour que tous puissent bien voir ce qu'il dit. En grosses lettres de feu, on peut lire le mot « PATRON ». Pas Tammy. Ma femme croyait que son nom nous porterait malheur, j'ai honoré sa croyance en me faisant marquer du nom de ce qu'elle a toujours été pour moi.

Mon Patron, ma petite flic séduisante.

Ma femme Patron.

Mon épouse Patron.

Et maintenant, ma chérie Patron.

– Le Hero's Pride est fier d'accepter Tammy comme sœur, chérie de notre frère et membre à part entière de notre famille.

Je regarde Tammy qui se balance d'un pied sur l'autre, debout, pâle comme un linge. Bones se tient derrière elle.

– Je t'aime, Tammy. Je vais passer tous les jours de ma vie à t'aimer, à prendre soin de toi et à faire en sorte que, plus jamais, tu ne sois blessée. Mon club, mes frères et ma famille te prennent désormais sous leurs ailes. Maintenant que je vais me faire marquer de ton nom, je te serai dévoué pour le restant de mes jours. Riot, à toi de jouer.

Avant même d'avoir pu me retourner, j'entends ma femme qui crie ; les yeux révulsés, elle s'évanouit. Bones la rattrape immédiatement.

– Oh non ! hurle Mags en se précipitant sur elle pour l'éventer.

Maintenant, je sais qu'elle est entre de bonnes mains. Ça va aller, elle surmontera sa peur.

Je me retourne vers Riot avec un grand sourire.

– Vas-y, mon frère, fais vite avant qu'elle se réveille !

Il sourit sauvagement et presse le fer sur la chair qui recouvre mon cœur et la brûle à vif. Je serre fort les dents, crispe tous les muscles de mon corps et accepte la douleur jusqu'à ce qu'il arrête.

Je baisse les yeux ; sur la chair ouverte et brûlante se détache le mot PATRON.

Putain… ça me fait un mal de chien !

La fratrie devient dingue, ils rugissent comme fait la tête de lion sur notre logo. Bones, de son côté, casse des ampoules de sels et les met sous le nez de Tammy.

– Allez, Petites Fossettes, il est l'heure de te réveiller. Tout va bien maintenant.

Agenouillé auprès de ma nana, là où il l'a étendue quand elle s'est évanouie, je rigole doucement en l'entendant lui parler comme à un bébé.

– Ça va, Patron ?

– Tu l'as fait ? elle me demande en secouant la tête.

– Absolument !

Elle plisse les yeux et les referme avant d'ajouter :

– Réveille-moi quand le cauchemar sera terminé.

Les frères et les sœurs autour de nous éclatent de rire.

– Tu as perdu connaissance, chouchou ! lui crie Holly. Trop bien ! Ça a rendu le spectacle encore plus intéressant ! Les chéries vont en parler pendant des années, bravo !

Tammy gémit et rit en même temps. Holly l'aide à se rasseoir et je la remets debout.

– Ça va ? je lui demande en la regardant dans les yeux

– Et toi ? (Elle tressaille en voyant la chair brûlée.) Ça te fait très mal ?

Je ricane stupidement.

– Oui. Qu'est-ce que tu en penses, dis-moi ?

Bones en profite pour vaporiser sur la plaie un spray qui soulage instantanément la douleur.

– Ahhhh !... ça fait du bien.

Je m'appuie contre la hanche de Tammy pendant qu'elle nettoie et désinfecte la plaie.

– Qu'est-ce que tu en penses ? Allez, dis-moi !

Elle hoche de la tête et regarde attentivement le marquage pendant un long moment.

– Tu détestes ?

Mon cœur bat à cent à l'heure. J'aimerais tellement qu'elle comprenne l'importance que ce marquage a pour moi. Il valorise la place que je lui fais dans ma vie et dans la vie de mon club.

Elle se contente de hausser les épaules.

– Mais, bon sang, dis quelque chose...

Tout à coup, je ne me sens plus très sûr de moi. C'est le moment qu'elle choisit pour poser ses mains au bord de la brûlure. Elle fait la grimace et soupire doucement :

– Je dois avouer que c'est assez cool...

Cette fois, je lui souris en rapprochant son front de mes lèvres.

– Je t'aime, mon bébé...

– Attention, ça ne veut pas dire que je l'approuve, mais maintenant que je l'ai sous les yeux, et sachant que tu l'as fait pour moi et que ça reste une chose unique... (Ses joues deviennent toutes rouges.) Je me sens conne de m'être évanouie.

– Tu es troublée, ça te fait donc quelque chose... c'est tout ce qui m'importe. Tu ne voulais pas me voir souffrir, ça, je peux comprendre, Patron.

Elle frôle la plaie du bout des doigts sans la toucher :

– Vous, les motards, vous êtes vraiment dingues, ça, c'est sûr...

– Dingues de nos femmes ! j'ajoute en levant le poing en l'air. Allez, que quelqu'un me file une bière et que la fête commence ! On a un frère à fêter et une chérie à faire entrer parmi nous !

Tout excité, je pousse des cris, attrape ma femme par les hanches et la fais tournoyer sur elle-même. Apparemment folle de joie, elle aussi se met à pousser des cris qui font comme une musique dans mes oreilles.

– C'est pour quand le mariage ? demande Shay tandis que Bones met un bandage sur ma plaie.

– Demain ? je demande à Tammy en la regardant droit dans les yeux.

Elle me fait non de la tête.

– Sûrement pas ! Si tu crois que je vais boiter en remontant l'allée centrale, pas question ! (Elle pointe un index accusateur vers sa jambe.) Et surtout je veux que ma sœur soit là, ce qui veut dire qu'on doit attendre la fin de ses cours… c'est-à-dire quelques mois.

– Quelques mois ? je râle.

– Si tu continues comme ça, tu attendras des années, mon vieux ! réplique-t-elle en attrapant la bière que lui tend Holly.

– Ça suffit, les amoureux ! elle ajoute en mordillant ses lèvres rouges.

Tammy pousse un grand soupir, puis elle attrape Holly par les épaules :

– Ne va pas raconter aux chéries que je me suis évanouie, ce sera notre petit secret.

Holly fait la moue :

– Arrête, c'est le meilleur moment !

– Je pense à un mariage pour cet été, dit soudain Mags.

– Du moment qu'on le fait ici, ajoute Tammy qui montre la pelouse.

– Ici ? je lui demande, étonné.

Je la prends par la taille et fais glisser mon visage sur son cou :

– Et au club-house.

– Oui bien sûr, partout où se trouve notre famille.

– Tu n'arrêtes pas de me surprendre, tu es trop parfaite, Patron.

– Je sais, plaisante-t-elle, en rejetant la tête en arrière pour m'offrir sa bouche. Mon mec a une grande famille et veut être sûr de pouvoir recevoir tout le monde. Tu sais quoi ? Je veux un putain de gros gâteau, un genre à cinq étages. Et des fleurs à gogo.

– Tout ce que tu veux, tu l'auras.

– Et des tonnes de crânes à paillettes partout. On va se la jouer Harley chic !

Ses yeux pétillent d'excitation pendant qu'elle descend sa bière.

– Je m'occupe de tout ! dit Shay en faisant un check à ma femme. On va te bichonner ça aux petits oignons, ma sœur !

– Du moment que tu es en blanc et que je ne suis pas obligé de porter un smoking, je suis ton homme !

– Tu mettras ce que je te dirai ! elle ajoute, d'un air narquois.

– Ok, j'ai compris. Mais pas de smoking, Petites Fossettes, on est d'accord ?

Je lui fais un petit signe des lèvres qui la fait chavirer.

– Hé, que je sache, c'est moi la Patronne…

Elle pose délicatement ses lèvres juste sous la brûlure, là où mon cœur bat très fort, avec encore une poussée d'adrénaline due au marquage

– … de mon chéri que j'adore.

– J'en connais une, de chérie, qui va recevoir sa fessée, ce soir ! j'ajoute pour répondre à sa provocation.

Et je vois ses yeux qui s'enflamment de désir.

– En garde, Champ ! elle ajoute en mettant ses bras en position de combat.

En réfléchissant au désir que je sens grandir en moi, je pense qu'il est plus que temps de demander ma femme d'une autre façon que celle de la célébration qui vient de se dérouler. Sans attendre, je le prends par le dos et les jambes, la soulève telle une princesse, en ayant soin de ne pas lui faire mal à la cuisse, ni moi à mon nouveau marquage, et je l'emporte à travers la foule.

– Eh… ce n'est pas gentil, on commençait juste à parler du mariage ! s'exclame Shay en râlant !

– Laisse-nous une minute à nous ! je lui lance.

– Une minute ? ça craint, Petites Fossettes, dit Rex quand on passe à côté de lui.

– Ok, donne-nous deux heures, alors !

– Ça me semble plus raisonnable ! ajoute Tank.

– Mon Dieu…

Je ne fais même plus attention au reste de la fratrie. Je me contente de la porter jusqu'à l'étage, de l'installer sur mon lit et je me concentre sur la manière dont je vais faire l'amour à la femme qui sera bientôt mon épouse, et la chérie parfaite.

Et il me faudra bien plus de deux heures…

# ÉPILOGUE

## Tammy

*Un an plus tard…*

– Tank, ça doit être toi et Holly, je dis au téléphone.

– Quel est l'état des lieux ?

Sa voix est remplie d'inquiétude depuis le début de la conversation.

– Mauvais. Tu devrais même venir avec un frère ou deux, au cas où. Et une voiture. Elle a deux enfants… (Ma voix tremble alors que j'essaie de rester calme.) Il l'a tabassée, elle peut à peine marcher. Elle a dit qu'elle a rampé jusqu'au téléphone.

– Quel enfoiré ! Va chercher des vêtements de rechange chez *Pretty Lady*, on a une sale histoire là, murmure-t-il.

Je suppose qu'il parle à sa femme, Holly, qui a dû rentrer du travail.

Je regarde l'horloge et note que six minutes se sont écoulées depuis que j'ai reçu l'appel.

– Tank, il y a autre chose…

– Vas-y, grogne-t-il, furieux.

Pas contre moi ou le fait de devoir aider une femme dans le besoin, mais le fait que des hommes, ou des femmes d'ailleurs, puissent nuire à la personne qu'ils prétendent aimer.

– Il a levé la main sur les enfants. Elle pense que l'un d'eux a un bras cassé, et l'autre a un œil complètement enflé et fermé.

– Je vais le tuer, putain ! Envoie-moi l'adresse par SMS. À quelle distance habitent-ils ? On y va. On évalue leur état et on décide où on peut les emmener.

– Ils sont à deux villes d'ici, tu peux les emmener à Three Rivers et les transférer ensuite à la Pride House. Je vous retrouve à l'hôpital. Dis à Holly de m'envoyer un texto quand tu seras à dix minutes.

La Pride House a été le premier refuge officiel que nous avons ouvert. Comme j'étais novice dans ce domaine et que la confrérie se méfiait d'impliquer ses femmes, ce que chacune d'entre elles voulait faire, nous avons construit un autre lieu à environ huit cents mètres du club-house. Le seul moyen d'y accéder est de prendre la route jusqu'à l'enceinte de la Hero's Pride et de continuer. Seuls les motards et les femmes savent que ce lieu existe. Personne d'autre. Des frères qui se relaient chaque soir à la propriété. Les aspirants dorment à tour de rôle dans la seule pièce au rez-de-chaussée, pour être les premiers à entendre ou à voir quelque chose. La sécurité est renforcée, mais les gars ne veulent prendre aucun risque.

– Entendu, Jolies Fossettes. Il va falloir construire une autre putain de maison. On est presque complet.

Ce qui est désespérant. Nous avons actuellement trois maisons. Quand j'ai présenté l'idée aux hommes et leur ai expliqué la somme que j'allais devoir consacrer à la cause, ils ont tous été d'accord. Ce n'est pas le genre à rester inactifs. Nous avons construit la première maison sur la propriété du club-house, ce qui nous a évité de nombreux problèmes. Ensuite, nous avons acheté de grandes maisons dans deux autres villes et les avons rénovées. Nous avons un aspirant dans chaque maison et un avocat rémunéré passe tous les jours aider les femmes en leur offrant ce dont elles ont besoin pour se remettre sur pied. Ce n'est pas un processus facile. Il nous a souvent fallu des mois pour que les femmes reprennent confiance, qu'elles travaillent, pour que leurs enfants retournent à l'école ou à la garderie et qu'elles bénéficient de l'aide du gouvernement. Nous avons également un cabinet d'avocats qui aident les femmes à obtenir des ordonnances restrictives et des divorces, le tout financé par la Fondation Bouclier, le nom que j'ai donné à mon organisation caritative. Quand les hommes ont découvert comment je voulais appeler la fondation, ils étaient aux anges. Savoir que l'héritage de Jay continuerait à vivre est important pour eux, comme pour moi.

– Oui, je sais, nous devons en parler au prochain conseil de la fondation la semaine prochaine, l'argent est là et les besoins augmentent, malheureusement, ai-je admis.

Quand mon mari rentre, je suis toujours à mon bureau. Il y a six mois, nous avons officialisé notre relation par un mariage qui restera dans les annales. Un rôti de porc complet, une quantité infinie d'alcool, des fleurs partout, le tout dans une ambiance motard chic que j'avais imaginée. C'était incroyable. Le plus beau jour de ma vie. Puis nous sommes partis pour une lune de miel en Alaska. Nous avions envoyé nos valises, nous avons donc pu rouler jusque là-bas. Ensuite, nous avons fait une croisière. Un ami de Champ, de son époque de boxe, nous a gardé nos motos. Puis nous sommes rentrés à la maison.

Une fois rentrés, nous avons construit mon quartier général juste à côté de la salle de boxe. Après ce qui s'est passé l'année dernière, mon homme est pour le moins collant. Et ça ne s'arrange pas.

Derek entre dans mon bureau et se dirige droit vers moi. Ses grandes mains encerclent mon ventre de femme enceinte, il l'embrasse, puis j'ai le droit à un baiser.

Dire que mon homme est excité à l'idée que son fils naisse est un euphémisme. À six mois de grossesse, il avait déjà terminé la chambre et acheté tous les vêtements de bébé motard qu'il a pu trouver. Heureusement, pas de crânes mais des motos et des lions partout. Il lui a même fait faire une petite veste Hero's Pride pour quand il aura un an.

Je passe mes doigts dans ses cheveux épais.

– Tu sais que j'irais bien, Tank, mais Champ serait fou…

Je souris en voyant le regard sombre de mon mari s'accrocher au mien.

– Bon sang, non ! Tu crois que je vais laisser une chérie enceinte aller dans cet environnement hostile ? Jolies Fossettes, si Tank ne t'attache pas à ton fauteuil, c'est moi qui vais le faire ! ajoute-t-il.

Je lui envoie l'adresse.

– Préviens-moi quand tu seras près de l'hôpital. Merci, Tank.

– Pas la peine.

Il raccroche.

– Tank et Holly ?

J'ai froncé les sourcils.

– Ouais.

– Mauvaise histoire ?

Champ pose ses mains sur mes bras pour me réconforter. Il sait que si j'appelle le plus costaud des frères pour y aller, c'est que la situation est compliquée, d'autant plus que c'était censé être la semaine de congé de Tank et Holly. Holly va déposer ses enfants chez Anya. Elle est adorable avec les femmes, et le fait que sa sœur ait été agressée et tuée et qu'elle-même ait été victime d'une agression la rend vraiment attentive aux victimes de violences conjugales.

J'ai les larmes au bord des yeux.

– Il y a des enfants qui sont impliqués et qui ont été blessés. La mère a dû ramper jusqu'au téléphone pour appeler les secours.

Je sanglote maintenant, le visage contre son buste chaud.

Il me tient dans ses bras jusqu'à ce que je me calme, tout en me murmurant des mots doux.

– Ce que tu fais compte. Tu changes la vie de ces femmes et de ces enfants, patron. Souviens-toi de ça quand tu te retrouves face à des situations plus complexes. Tu es probablement le seul espoir de cette femme. Essaie de remplir ton cœur de ce bonheur, ça t'aidera à surmonter ta douleur.

Je hoche la tête et m'essuie les yeux, puis je passe la main sur mon ventre.

– Mets ça sur le dos de ton fils et des hormones !

Champ éclate de rire.

– Comment se fait-il que chaque fois que tu pleures, tu me le reproches et que tout à coup notre enfant ne soit que mon fils ?

– Parce que je ne pleure pas. (Je relève la tête.) Ce sont les hormones. Et c'est de ta faute.

Il lève les yeux au ciel et rit à nouveau.

– Ok, bébé, tu es le patron. C'est mon fils et c'est ma faute.

– Exactement !

– Tu veux que j'aille à l'hôpital avec toi ? me propose-t-il.

Mais je sais que ce n'est pas qu'une suggestion. Il ne me laisse aller seule nulle part, surtout lorsqu'il s'agit de femmes en danger fuyant leur situation. Ce sont toujours des moments très intenses et il ne veut pas que je traverse cela toute seule.

– D'accord.

Je passe mon bras autour de sa taille.

Au lieu de quitter le bureau, il écarte mes jambes et relève ma robe. Son regard descend jusqu'à mes cuisses ouvertes et il sourit. Il attrape ma culotte et me la retire. Le désir se répand en moi, me faisant oublier inquiétude et tristesse.

– Ma femme est super-sexy dans cette petite robe moulante. Elle expose son ventre arrondi et ses magnifiques seins à chaque gringalet qui se promène dans la rue.

Il passe ses mains autour de mes hanches et me fait glisser au bord de la chaise.

Puis, au ralenti, il détache sa ceinture et tire la sangle à travers les passants de son jean, très lentement. Je me lèche les lèvres, sachant pertinemment ce qui va suivre. Comme nous sommes à mon bureau, il ne peut pas m'attacher comme il le ferait à la maison. Mais, depuis que je suis enceinte, il est devenu très possessif et parfois, même au bureau, il m'attache en faisant des nœuds très lâches. C'est vrai que je continue à mettre des robes moulantes et des bottes en cuir cloutées. Ce n'est pas parce que je suis enceinte que j'ai rangé mes vêtements de motarde chic. Je me suis fait un look à ma façon. Des pulls moulants et des robes en jersey qui moulent chaque centimètre de mes formes. J'adore mettre mon ventre en avant. J'ai hâte d'être mère et je trouve ça magnifique.

Mon mari est tout à fait d'accord.

Champ saisit mes poignets et les attache avec sa ceinture, ce qui m'excite immédiatement.

– Ma femme a besoin qu'on lui rappelle à qui appartient ce beau corps.

– Je pensais que c'était moi le patron.

– Pas dans la chambre. Maintenant, allonge-toi sur le bureau et cambre-toi pour m'offrir tes seins.

Mon cœur bat la chamade et le désir se répand dans mon corps. Mon entrejambe palpite et me fait mal tellement mon désir est fort.

Champ va fermer la porte du bureau à clé, même s'il est tard et que tout le monde est censé être parti.

– Mmm, quelle beauté ! Ma chérie est une putain de déesse.

Je le regarde avidement défaire son pantalon. Il se place entre mes jambes, dégrafe mon soutien-gorge. Mes seins, désormais beaucoup plus gros, rebondissent, et les pointes se dressent immédiatement.

Il tend la main, attrape ma chaise de bureau pour la rapprocher de l'endroit où je suis allongée. Il passe une main de mon cou jusqu'à mes seins, sur mon ventre et entre mes cuisses.

– Mets les mains au-dessus de la tête et fais-moi ressortir ces nichons. Ouvre-toi. Je veux ton goût sur ma langue, je veux que tu t'offres entièrement à moi, ordonne-t-il.

J'obéis pendant qu'il taquine le bout de mes tétons. Il les pince doucement, juste assez pour me faire gémir et faire pulser ma chatte.

– Putain de merde ! grogne-t-il.

Il s'assied sur la chaise et sa bouche est sur moi.

Dévorant.

Suçant.

Léchant.

Taquinant.

Jusqu'à ce que je ne puisse plus le supporter. Je lève les hanches contre son visage, pour que sa langue me prenne plus profondément. Le feu qui se propage dans mon corps me fait hurler de plaisir.

Il saisit mon clito entre ses lèvres et suce fort. Et là, je décolle. L'orgasme qui me traverse est si puissant que je n'ai pas réalisé qu'il a enlevé son pantalon, jusqu'à ce que je le sente en moi.

Énorme.

Parfaite.

Je continue à jouir pendant qu'il me prend, accroché à mes hanches. D'habitude, il me baise fort, mais depuis que je suis enceinte, il est plus doux. Mais c'est toujours aussi sublime. Si mon mari me veut, je suis toujours prête, quels que soient le lieu ou le moment. Nous avons agi comme ça depuis le début.

Nous aimons tout simplement baiser ensemble.

Je me suis dit que c'était la façon de faire des bikers et que c'était parfait pour moi.

Il accélère ses va-et-vient, pose son pouce sur mon point sensible et le fait tourner en cercles vertigineux, ce qui me fait hurler son nom.

Peu de temps après, il s'arrête et se lâche en moi.

Mon téléphone sonne.

Champ regarde mon téléphone, puis moi.

– Tu vas mieux, bébé ? Tu n'es plus triste ?

Je souris. Évidemment, il recommencerait bien tout de suite.

Ah, les motards !

– Ouais, mon amour.

Il m'aide à me nettoyer. Remonte ma culotte et rattache mon soutien-gorge pendant que je suis encore attachée. Cela fait partie de son processus. Un contrôle total jusqu'à la fin.

Une fois que je suis rhabillée, il m'embrasse à pleine bouche.

Enfin, il défait la ceinture, la remet à sa taille. Il prend mes poignets pour vérifier que je n'ai ni bleus ni marques. Il n'y en a évidemment pas. Je n'ai pas lutté. Je sais que ce genre de pratique fait partie de ses fantasmes. Il prend son pied de cette façon, souvent quand il a eu une journée difficile ou de gros problèmes à régler. Mais il s'occupe toujours de moi et, pour ça, je l'aime.

– Tu es prête à aller à l'hôpital ?

– Ouais, bébé.

Avec Derek « Champ » Layton, je sais que je serai toujours en sécurité.

***

Notre fils Derek Layton Junior est né quatre mois plus tard. Je voulais vraiment donner à mon fils le nom de son père, même si nous l'appelons « Junior ».

Champ m'a à nouveau mise enceinte la première fois que nous avons fait l'amour après avoir donné naissance à Junior. Nous n'avons attendu qu'un mois, brisant ainsi la règle des six semaines complètes que nous étions censés attendre. Une femme n'est pas supposée pouvoir tomber enceinte quand elle allaite. Je suis ici pour témoigner que c'est un mythe. Un mythe de merde, car onze mois exactement après Junior, j'ai donné naissance à notre fille Harley Michelle Layton, la prunelle des yeux de son père. Blonde aux yeux verts, comme sa maman. Ce qui est plutôt bien, car Junior est le sosie de Champ.

Après la naissance de Harley, Champ voulait d'autres enfants, mais je me sens en paix avec nos deux bambins et la fondation que nous avons bâtie. Elle se développe rapidement. Nous avons maintenant dix maisons. Nous avons établi des liens avec chaque club de Hero's Pride d'ici au Midwest, à qui nous donnons les fonds nécessaires s'ils en ont besoin. Nous aidons de plus en plus de femmes et d'enfants. Un héritage dont Jay « Bouclier » Meyers et la section de Grant's Pass, Oregon, peuvent être fiers.

Moi, je suis simplement heureuse d'avoir une belle vie.

Mon mec.

Mes enfants.

Mon cul à l'arrière d'une moto.

Le soleil dans mon dos, le vent sur mon visage…

Vivre à l'état sauvage… en liberté.

# FIN